हिन्द पॉकेट बुव

शे'र-ओ-शायरी

प्रकाश पंडित को विश्व के प्रख्यात संपादकों में गौरवशाली स्थान प्राप्त है। उन्होंने 1960 के दशक में पहली बार नागरी लिपि में उर्दू की चुनी हुई शायरी के संकलन प्रकाशित कर हिन्दी पाठकों को उर्दू शायरी का लुत्फ़ उठाने का अवसर प्रदान किया। हिन्दी एवं उर्दू के सुप्रसिद्ध संपादक प्रकाश पंडित ने शायरी की हरेक पुस्तक में शायर के संपूर्ण लेखन में से बेहतरीन शायरी का चयन किया है और पाठकों की सुविधा के लिए कठिन शब्दों के अर्थ भी दिए हैं। प्रकाश पंडित ने हर शायर के जीवन और लेखन पर – जिनमें से कुछ समकालीन शायर उनके परिचित भी थे – रोचक और चुटीली भूमिकाएं लिखी हैं।

शे’र-ओ-शायरी

सं. प्रकाश पण्डित

हिन्द पॉकेट बुक्स
पेंगुइन रैंडम हाउस इम्प्रिंट

हिन्द पॉकेट बुक्स

यूएसए। कनाडा। यूके। आयरलैंड। ऑस्ट्रेलिया। सिंगापुर
न्यू ज़ीलैंड। भारत। दक्षिण अफ्रीका। चीन

हिन्द पॉकेट बुक्स, पेंगुइन रैंडम हाउस ग्रुप ऑफ़ कम्पनीज़ का हिस्सा है,
जिसका पता global.penguinrandomhouse.com पर मिलेगा

पेंगुइन रैंडम हाउस इंडिया प्रा. लि.,
चौथी मंजिल, कैपिटल टावर -1, एम जी रोड,
गुड़गांव 122 002, हरियाणा, भारत

पेंगुइन
रैंडम हाउस
इंडिया

प्रथम हिन्दी संस्करण हिन्द पॉकेट बुक्स द्वारा 1972 में प्रकाशित
यह हिन्दी संस्करण हिन्द पॉकेट बुक्स में पेंगुइन रैंडम हाउस द्वारा 2022 में प्रकाशित

10 9 8 7 6 5 4 3 2

इस पुस्तक में व्यक्त विचार लेखक के अपने हैं, जिनका यथासंभव तथ्यात्मक
सत्यापन किया गया है, और इस संबंध में प्रकाशक एवं सहयोगी
प्रकाशक किसी भी रूप में उत्तरदायी नहीं हैं।

ISBN 9789353494483

मुद्रकः रेप्रो इंडिया लिमिटेड

www.penguin.co.in

FSC
www.fsc.org
MIX
Paper from
responsible sources
FSC® C047271

This is a legitimate digitally printed version of the book and therefore might not
have certain extra finishing on the cover.

सूची

जिस्म (नख-शिख)

उफ़ वो मरमर से तराशा हुआ शफ़्फ़ाफ़[1] बदन
देखने वाले उसे ताजमहल कहते हैं
—'क़तील' शिफ़ाई

अल्लाह रे जिस्मे-यार की खूबी कि खुद-ब-खुद
रंगीनियों में डूब गया पैरहन[2] तमाम
—'हसरत' मोहानी

सिमट - सिमट सी गई है फ़ज़ा - ए - बेपायां[3]
बदन चुराए हुए वो जिस दम इधर से गुज़रे हैं
—'फ़िराक़' गोरखपुरी

○ क़द

निगाहों में फिरती है आठों पहर
क़्यामत भी ज़ालिम का क़द हो गई है
—'मुज़्तर'

1. स्वच्छ, उज्ज्वल 2. लिबास 3. अथाह वातावरण

दूर से जल्वा - ए - कामत[1] ही सही
कुछ तो दिखलाओ क्यामत ही सही

—अनवर अली 'यास'

तुम कि बैठे हुए इक आफ़त हो
उठ खड़े हो तो क्या क़्यामत हो

—शाह 'हातिम'

○ *कमर*

या तंग न कर नासहे-नादान[2] मुझे इतना
या चल के दिखा दे दहन[3] ऐसा कमर ऐसी

—'बेताब' देहलवी

○ *चेहरा*

रुखे-रौशन[4] के आगे शमन रखकर वो ये कहते हैं
उधर जाता है देखें या इधर परवाना आता है

—'दाग़'

बड़े सीधे-सादे बड़े भोले-भाले
कोई देखे इस वक़्त चेहरा तुम्हारा

—आग़ा 'शायर'

○ *लब-ओ-रुख़सार (होंठ और गाल)*

नाजुकी[5] उसके लब की क्या कहिए
पंखड़ी इक गुलाब की सी है

—'मीर'

---

1. क़द का जल्वा 2. नादान धर्मोपदेशक 3. मुंह 4. प्रकाशमान मुखड़ा 5. नज़ाकत

गुलशन में तेरे लबों ने गोया
रस चूस लिया कली-कली का

—'दाग'

इन लबों की जां-नवाज़ी देखना
मुंह से बोल उठने को है जामे-शराब

—'जिगर' मुरादाबादी

बातों में लब जो हिलते हैं उस खुश-खिसाल के[1]
हीरों की छूट पड़ती है टुक्ड़ो पे लाल के

—'मीर' अनीस

नज़र उस हुस्न पर ठहरे तो आखिर किस तरह ठहरे
कभी जो फूल बन जाए कभी रुख्सार[2] हो जाए

—'असग़र' गोंडवी

देख कर आए हैं क्या आरिज़ो-गेसू[3] उनके
लोग हैरान परेशान चले आते हैं

—'नसीम' भरतपुरी

कुछ तो मिल जाए लबे-शीरीं[4] से
जह्र खाने की इजाज़त ही सही

—'आर्ज़ू' लखनवी

कुछ तो है वैसे ही रंगीं लब-ओ-रुख्सार की बात
और कुछ खूने-जिगर हम भी मिला देते हैं

—आले-अहमद 'सरूर'

---

1. मधुर स्वभाव (वाले) के 2. गाल या कपोल 3. गाल और केश 4. मधुर होंठ

○ *ख़ाल (तिल)*

कमसिनी[1] का हुस्न था वो, ये जवानी की बहार
था यही तिल पहले भी रुख पर[2], मगर क़ातिल न था

—'माजिद'

○ *आंखे*

खिलना कम कम कली ने सीखा है
उस की आंखों की नीम-बाज़ी[3] से

—'मीर'

लोग कहते हैं जिन्हें नील कंवल वो तो 'क़तील'
शब[4] को इन झील सी आंखों में खिला करते हैं

—'क़तील' शिफ़ाई

कैफ़ियते-चश्म' उसकी मुझे याद है 'सौदा'
साग़र' को मेरे हाथ से लेना कि चला मैं

—'सौदा'

देखी थीं एक रोज़ तेरी मस्त अंखड़ियां
अंगड़ाइयां सी लेते हैं अब तक खुमार में

—'मीर'

वो चीज़, कहते हैं फ़िर्दौसे-गुमशुदा[7] जिसको
कभी-कभी तेरी आंखों में पाई जाती है

—'जिगर'

---

1. कमउम्री, बचपन 2. चेहरे पर 3. आधा खुलना 4. रात 5. आंखों की स्थिति 6. शराब का प्याला 7. खोई हुई जन्नत

अजीब हुस्न है तेरी उदास आंखों में
सुकूते-सुव्हे-अज़ल[1] का खयाल आता है

—'अदम''

और भी मेरे लिए आफ़त का सामां हो गईं
हाय वो मखमूर आंखें जब पशेमां[2] हो गईं

—'जिगर''

यूं चुराईं उसने आंखें सादगी तो देखिए
बज़्म में गोया मेरी जानिब इशारा कर दिया

—'फ़ानी' बदायूनी

○ *ज़ुल्फ़े (केश)*

ज़िन्दगी की गर्म रातों में किसे आती थी नींद
इत्तिफ़ाक़न आपकी ज़ुल्फ़े परीशां हो गईं[3]

—'अदम'

अभी 'अदम' क्या यक़ीन आए कि चांदनी रात हो गई है वो
ज़ुल्फ़ बिखरी तो दिन ढलेगा, वो चांद निकला तो रात होगी

—'अदम'

ये कहकर सितमगर[4] ने ज़ुल्फ़ों को झटका
बहुत दिन से दुनिया परीशां नहीं है

—'अज्ञात'

---

1. सृष्टिकाल के प्रभात का सन्नाटा 2. लज्जित 3. बिखर गई 4. ज़ालिम

इजाज़त हो तो मैं तस्दीक़[1] कर लूं तेरी जुल्फ़ों से
सुना है जिन्दगी इक खूबसूरत जाम[2] है साक़ी

—'अदम'

सुब्हदम[3] जुल्फ़े न यूं बिखराइए
लोग धोका खा रहे हैं शाम का

—'शरर' बलियावी

काफ़िर गेसू वालों की रात बसर यूं होती है
हुस्न हिफ़ाज़त करता है और जवानी सोती है

—'साग़र' निज़ामी

उस जुल्फ़ का क्या कहना जो दोश[4] पे लहराई
सिमटी तो बनी नागिन फैली तो घटा छाई

—'शफ़ीक़' जौनपुरी

हम हुए तुम हुए कि 'मीर' हुए
उसकी ज़ुल्फ़ों के सब असीर[5] हुए

—'मीर'

मैं सोचता हूं ज़माने का हाल क्या होगा
अगर ये उलझी हुई जुल्फ़ तूने सुलझाई

—अहमद 'राही'

1. पुष्टि 2. जाल 3. प्रातःकाल 4. कंधा 5. क़ैदी

पूछा जो उनसे चांद निकलता है किस तरह
ज़ुल्फ़ों को रुख पे डाल के झटका दिया कि यूं

—'आर्ज़ू' लखनवी

उलझा है पांव यार का ज़ुल्फ़े-दराज़[1] में
लो आप अपने दाम[2] में सैयाद[3] आ गया

—'मोमिन'

बिखेर दे जो वो ज़ुल्फ़ों को अपने मुखड़े पर
तो मारे शर्म के आई हुई घटा फिर जाए

—'मुसहफ़ी'

नींद उसकी है दिमाग़ उसका है रातें उसकी हैं
तेरी ज़ुल्फ़ें जिसके बाज़ू पर परीशां हो गईं[4]

—'गालिब'

चांद से रुख्सार[5] पर लहरा के आने दीजिए
कीजिए अंधेर ज़ुल्फ़ों को परीशां छोड़ कर

—'आतश'

कहें न तुम से तो फिर और जा के किससे कहें
सियाह ज़ुल्फ़ के सायो ! बड़ी उदास है रात

—'फ़िराक़'

1. लम्बे केश 2. जाल 3. शिकारी 4. बिखर गई 5. गाल

ख्वाबीदा[1] हसरतों को भी राहत[2] हुई नसीब
जुल्फ़ों के साये में जो हमें नींद आ गई

—'खिज्र' बरनी

मेरे जुनूं[3] को जुल्फ़ के साये से दूर रख
रस्ते में छांव पा के मुसाफ़िर ठहर न जाय

—'फ़ना' निज़ामी

बिखरी हुई वो ज़ुल्फ़ इशारों में कह गई
मैं भी शरीक हूं तेरे हाले-तबाह में

—'जलील'

ऐ दिले-सद चाक[4] शाना[5] बन के जा पर याद रख
है मिज़ाज उल्टा, उलझ पड़ती है सुलझाने से जुल्फ़

—'अमीर' मीनाई

इक न इक जुल्मत से[6] जब वाबस्ता[7] रहना है तो 'जोश'
ज़िन्दगी पर साया - ए - ज़ुल्फ़े - परीशां[8] क्यों न हो

—'जोश' मलीहाबादी

1. सोई हुई 2. आराम 3. उन्माद 4. सैकड़ों टुकड़ों में विभाजित 5. कंधा 6. अंधेरा 7. सम्बन्धित 8. बिखरे केशों की छाया

नाज़-ओ-अन्दाज़

○ *हुस्न (सौन्दर्य)*

ये नश्शा भी क्या नश्शा है कहते हैं जिसे हुस्न
जब देखिये इक नींद सी आंखों में भरी है

—'जिगर'

विजलियों ने सीख ली उनके तबस्सुम[1] की अदा
रंग जुल्फ़ों का चुरा लाई घटा बरसात की

— 'सबा' अफ़गानी

तेरी खामोशी को देखा तो चटक गए शिगूफ़े[2]
तेरे गेसुओं[3] को देखा तो ठिठक गईं घटाएं

—'माहिर'

इलाही कैसी-कैसी सूरतें तुमने बनाई हैं
कि हर सूरत कलेजे को लगा लेने के क़ाबिल है

—'अकबर' इलाहाबादी

---

1. मुस्कान 2. कलियां 3. केशों

हम खुदा के कभी क़ाइल[1] ही न थे
उनको देखा तो खुदा याद आ गया

—'मीर'

गर मेरे होश-रुबा[2] को नहीं देखा
उस देखने वाले ने खुदा को नहीं देखा

—'दाग'

वो तोड़ते हैं तो कलियां शिगुफ़्ता होती हैं[3]
वो रौंदते हैं तो सब्ज़ा[4] निहाल होता है

—'अकबर' इलाहाबादी

तेरे सिवा भी हसीं हैं बक़ौल[5] इन आंखों के
दिल इसको मान भी लेता है दुख भी जाता है

—'फ़िराक़' गोरखपुरी

चमन तुमसे इबारत[6] है बहारें तुमसे जिन्दा हैं
तुम्हारे सामने फूलों से मुर्झाया नहीं जाता

—'मखमूर' देहल्वी

○ *कमसिनी (कम उम्री)*

अभी कमसिन हो रहने दो कहीं खो दोगे दिल मेरा
तुम्हारे हो लिए रक्खा है ले लेना जवां होकर

—अज्ञात

---

1. मानने वाले 2. होश उड़ाने वाला 3. खिलती हैं 4. घास 5. कथनानुसार 6. सम्बन्धित

अभी कमसिन हैं ज़िदें भी हैं निराली उनकी
इस पे मचले हैं कि हम दर्द-जिगर देखेंगे

—'फ़साहत'

○ सादगी व भोलापन

मैं तो इस सादगी - ए - हुस्न के सदक़े उसके
न जफ़ा[1] आती है जिसको न वफ़ा आती है

—'जिगर' मुरादाबादी

क्यों सादगी में तौर अब कुछ बांकपन के हैं
कल तक तो बांकपन में अदा सादगी की थी

—'फ़ानी' बदायूनी

इस सादगी पे कौन न मर जाए ऐ खुदा
लड़ते हैं और हाथ में तलवार भी नहीं।

— 'ग़ालिब'

बज़ाहिर[2] सादगी से मुस्कराकर देखने वालो
कोई कमबख़्त नावाक़िफ़ अगर दीवाना हो जाए !

—'हफ़ीज़' जालन्धरी

○ बेख़बरी

आंख पड़ती है कहीं पांव कहीं पड़ता है
सबकी है तुमको खबर अपनी खबर कुछ भी नहीं

—'दाग़'

---

1. अत्याचार 2. प्रत्यक्षतः

शबाब[1] मयकश[2], खयाल मयकश
जमाल[3] मयकश, निगाह मयकश
खबर वो रक्खेंगे क्या किसी की,
उन्हें खुद अपनी खबर नहीं है

—'जिगर' मुरादाबादी

o जवानी

इक अदा मस्ताना सर से पांव तक छाई हुई
उफ़ तेरी काफ़िर जवानी जोश पे आई हुई

—'दाग़'

उसके अहदे - शबाब[4] में जीना
जीने वालो तुम्हें हुआ क्या है

—'अख्तर' शीरानी

ज़िक्र जब छिड़ गया क्यामत[5] का
बात पहुंची तेरी जवानी तक

— 'फ़ानी' बदायूनी

बला है, क़हर है, आफ़त है, फ़ितना है, क्यामत है
हसीनों की जवानी को जवानी कौन कहता है

—'अर्श' मलसियानी

---

1. यौवन 2. शराबी 3. सौन्दर्य 4. यौवन-काल 5. प्रलय

घटा, सब्ज़ा, सितारे, फूल, सब अपनी जगह बरहक़[1]
तेरी काफ़िर जवानी, फिर तेरी काफ़िर जवानी है

—'माहिर'-उल-क़ादरी

शबाब आया, किसी बुत पर फ़िदा होने का वक़्त आया
मेरी दुनिया में बन्दे के खुदा होने का वक़्त आया

—पंडित हरिचन्द 'अख्तर'

वो कुछ मुस्कराना, वो कुछ झेंप जाना
जवानी अदाएं सिखाती है क्या-क्या

—'बेखुद' देहल्वी

है जवानी खुद जवानी का सिंगार
सादगी गहना है इस सिन[2] के लिए

—'अमीर'

आया था साथ ले के मुहब्बत की आफ़तें
जाएगा जान ले के ज़माना शबाब का

—'जिगर' बिसवानी

० नाज़-ओ-अदा

मैं देर तक तुझे खुद ही न रोकता लेकिन
तू जिस अदा से उठा है उसी का रोना है

—'फ़िराक़'

---

1. ठीक 2. आयु

कुछ इस अदा से आज वो पहलूनशीं[1] रहे
जब तक हमारे पास रहे, हम नहीं रहे

—'जिगर'

हमारी आंखों में आओ तो हम दिखायें तुम्हें
अदा तुम्हारी जो तुम भी कहो कि हां कुछ है

—'रियाज़' खैराबादी

मुझ से इर्शाद[2] ये होता है कि तड़पा न करो
कुछ तुम्हें अपनी अदाओं पे नज़र है कि नहीं

—'जलील' मानिकपुरी

हम जिस पे मर रहे हैं वो है बात ही कुछ और
आलम[3] में तुझ से लाख सही, तू मगर कहां

—'हाली'

आफ़त तो है वो नाज़ भी अन्दाज़ भी लेकिन
मरता हूं मैं जिस पर वो अदा और ही कुछ है

—'अमीर' मीनाई

आए जो मेरे पास तो मुंह फेर के बैठे
ये आज नया आप ने दस्तूर निकाला

—'जुरअत'

---

1. पहलू में 2. आज्ञा 3. संसार

अदा है शर्त बनावट भी लुत्फ़ देती है
वो खुद भी रूठ गए हैं मुझको खफ़ा करके

— 'बेखुद' देहल्वी

o नज़ाकत

इस नज़ाकत का बुरा हो वो भले हैं तो क्या
हाथ आयें तो उन्हें हाथ लगाए न बने

—'ग़ालिब'

आह करता हूं तो आते हैं पसीने उनको
नाला[1] करता हूं तो रातों को वो डर जाते हैं

—'साइल' देहल्वी

नज़ाकत उस गुले-रअना[2] की देखो 'इंशा'
नसीमे-सुब्ह[3] जो छू जाए रंग मैला हो

—'इंशा'

नाज़ है गुल को नज़ाकत पे चमन में ऐ 'ज़ौक़'
उसने देखे ही नहीं नाज़ - ओ - नज़ाकत वाले

—'ज़ौक़'

o हया (लज्जा)

शरीर आंख, निगह बेक़रार, चितवन शोख
तुम अपनी शक्ल तो पैदा करो हया के लिए

—'दाग़'

---

1. आर्तनाद 2. सुन्दर फूल 3. प्रभात-समीर

इज़हारे-मुहब्बत पर इस तरह वो शर्माए
सबकी हया मेरी आंखों में उतर आई

—'जज्बी'

हज़ारों शौक़ - प्रो - अरमां ले रहे हैं चुटकियां दिल में
हया उनकी इजाज़त दे तो कुछ बेबाकियां कर लूं

—'अख्तर' शीरानी

हया ने रोक लिया जज़्बे-दिल ने खींच लिया
चले वो तीर की सूरत खिचे कमां की तरह

—'दाग'

○ *शोख़ी व शरारत*

आंखों ही में रहे हो, दिल से नहीं गए हो
हैरान हूं, ये शोखी आई तुम्हें कहां से

—'मीर'

एक सी शोखी खुदा ने दी है हुस्न-ओ-इश्क़ को
फ़र्क़ बस इतना कि वो आंखों में है ये दिल में है

—मीर ज़ामन अली 'जलाल'

वो शोखी-ए-मुहतात[1] के बचते हुए अन्दाज़
दुनिया भी न रहने दे, क़्यामत भी न ढाए

—'फ़िराक़' गोरखपुरी

1. सावधान चंचलता

शोखी से ठहरती नहीं क़ातिल की नज़र आज
ये बर्क़े-बला[1] देखिये गिरती है किधर आज

—'दाग'

सदके शोखी के, ये डरता हूं दमे-वादा-ए-वस्ल[2]
लब पे आ जाए तबस्सुम न क़सम से पहले

—'रियाज' खैराबादी

ज़रा उनकी शोखी तो देखिए लिए जुल्फ़े-खम-शुदा[3] हाथ में
मेरे पीछे आए दबे-दबे, मुझे सांप कहके डरा दिया

—बहादुरशाह 'ज़फ़र'

नासेह[4] को बुलाओ मेरा ईमान संभाले
फिर देख लिया उसने शरारत की नज़र से

—'हफ़ीज़' जालन्धरी

○ *आवाज़*

उनकी आवाज़ आ रही थी दिल के पास
देर तक कुछ गुफ़्तगु करते रहे

—'फ़ानी'

आवाज़ दी है तुमने कि धड़का है दिल मेरा
कुछ खास फ़र्क़ तो नहीं दोनों सदामों में[5]

—'क़तील' शिफ़ाई

---

1. बिजली-रूपी बला 2. मिलने के वादे का समय 3. केशों की पेचदार लट 4. धर्मोपदेशक 5. आबाजों में

उस ग़ैरते-नाहीद[1] की हर तान है दीपक
शो'ला-सा लपक उठता है आवाज़ तो देखो

—'मोमिन'

सब्र पर दिल को तो आमादा किया है लेकिन
होश उड़ जाते हैं अब भी तेरी आवाज़ के साथ

—'आसी' उल्दुनी

○ नज़र, निगाह

दीवानावार दौड़ के कोई लिपट न जाए
आंखों में आंखें डाल के देखा न कीजिए

—'यंगाना' चंगेज़ी

मुझे धोका न देती हों कहीं तरसी हुई नज़रें
तुम्हीं हो सामने या फिर वही तस्वीरे-ख्वाब[2] आई

—आनन्दनारायण 'मुल्ला'

वो आते हैं 'शकील' अब अपने दिल से हाथ धो बैठो
निगाहे-नाज़ की क़ीमत अदा करने का वक़्त आया

—'शकील' बदायूनी

रह गए लाखों कलेजा थाम कर
आंख जिस जानिब तुम्हारी उठ गई

—'दाग़'

---

1. शुक्रग्रह (सितारे) को शर्माने वाला 2. सपने में आई हुई तस्वीर 3. प्रेयसी की नख़रीली नज़र

दुनिया में फिर वो काम के क़ाबिल नहीं रहा
जिस दिल को तुमने देख लिया, दिल नहीं रहा

—'ज़ामिन'

झुकती है निगाह उसकी मुझसे मिलकर
दीवार से धूप उतर रही है गोया

—'जोश' मलीहाबादी

हमने पाला मुद्दतों पहलू में, हम कुछ भी नहीं
तुमने देखा इक नज़र और दिल तुम्हारा हो गया

—'प्रासी' रामनगरी'

नज़र मिला न सके हम से वो, तो क्या ग़म है
कि दिल से दिल के धड़कने का सिलसिला तो मिला

—आले-अहमद 'सरूर'

सौ-सौ उमीदें बंधती हैं इक-इक निगाह पर
मुझको न ऐसे प्यार से देखा करे कोई

—'इक़बाल'

घड़ी-घड़ी न इधर देखिए कि दिल पे हमें
है अख़्तियार, पे इतना भी अख़्तियार नहीं

—'नियाज़' फ़तेहपुरी

कैसा नजारा, किसका इशारा कहां की बात
सब कुछ है और कुछ नहीं नीची निगाह में

—'दाग'

फिर आ गया क़रार दिले - बेक़रार को
फिर एक बार देख लो मुझको इसी तरह

—'बेखुद' देहल्वी

निगाहे - यार कुछ ऐसी फिरी हिज्रां - नसीबों[1] से
कि अब तो जिसका जी चाहे, वही ग़मख्वार[2] हो जाए

—'फ़िराक़' गोरखपुरी

यूं देखती है जैसे नहीं देखती नज़र
ज़ालिम के देखने का ये अन्दाज़ देखना

—'शकील' बदायूनी

जैसे मेरी निगाह में देखा न हो मुझे
महसूस ये हुआ तुझे हर बार देखकर

—नरेशकुमार 'शाद'

एक हालत पर न रहने पाईं दिल की हसरतें
तुमने जब देखा नये अन्दाज़ से देखा मुझे

—'पासी' उल्दुनी

---

1. जिनके भाग्य में बिछोह हो 2. हितैषी

इक उचटती सी निगाह पर है ये बेताबी-ए-दिल
हाल पूछे कोई इस वक्त तो मुश्किल हो जाए

—'असर' लखनवी

जीना भी आ गया है मुझे मरना भी आ गया
पहचानने लगा हूं तुम्हारी नज़र को मैं

—'असग़र' गोंडवी

मस्ती निगाहे-नाज़[1] की कैफ़े-शबाब में[2]
जैसे कोई शराब मिला दे शराब में

—बद्रुद्दीन 'सब्र'

वो दुश्मनी से देखते हैं, देखते तो हैं
मैं शाद[3] हूं कि हूं तो किसी की निगाह में

—'अमीर' मीनाई

० नज़रों के तीर

कोई मेरे दिल से पूछे तेरे तीरे-नीमकश[4] को
ये खलिश[5] कहां से होती जो जिगर के पार होता

—'ग़ालिब'

दिखाना पड़ेगा हमें ज़ख़्मे - दिल को
अगर तीर उसका खता हो गया ।

—'हाली'

---

1. प्रेयसी की नज़र 2. शराब के नशे में 3. प्रसन्न 4. आधा खिंचा हुआ 5. पीड़ा

सौ तीर जमाने के इक तीरे - नज़र तेरा
अब क्या कोई समझेगा दिल किसका निशाना है

—'नातिक' लखनवी

लड़ गई उनसे नज़र खिंच गए अबरू उनके
मा'रिके इश्क़ के अब तीर-ओ-कमां तक पहुंचे

—'बेताब' अज़ीमाबादी

० चितवन (त्योरी)

मैं अर्ज़े - हाल में जब तक ज़बां को रोकूं
तेरी बदलती हुई चितवनों ने क्या न किया

—'आर्ज़ू' लखनवी

चितवनों से मिलता है कुछ सुराग़ बातिन[1] का
चाल से तो काफ़िर की सादगी बरसती है

—'यगाना' चंगेज़ी

० तबस्सुम (मुस्कराहट)

तबस्सुम और फिर उनके लबों पर
चमन की हर कली शर्मा रही है

—'मीना' क़ाज़ी

यूं मुस्कराए जान सी कलियों में पड़ गई
यूं लब-कुशा हुए[2] कि गुलिस्तां बना दिया

—'असग़र' गोंडवी

1. भीतर 2. होंठ खोले

हाय वो तेरे तबस्सुम की अदा वक्ते-सहर[1]
सुब्ह के तारों ने अपनी जान तक कर दो निसार[2]

—'जज़्बी'

इक बर्क़[3] सरे-तूर[4] है लहराई हुई सी
उफ़, वो तेरे होंटों पे हंसी आई हुई सी

—'फ़ानी'

मुस्कराने का यही अन्दाज़ था
जब कली चटकी तो वो याद आ गए

—अज्ञात

भूले से मुस्करा तो दिए थे वो आज 'फ़ैज़'
मत पूछ वलवले दिले - नाकर्दा - कार[5] के

—'फ़ैज़'

प्राज बर्बादियों का सिला मिल गया
मेरी हालत पे उनको हंसी आ गई।

—'शरर' बलियावी

हाथ में ले के जाम-ए-मय[6] उसने जो मुस्करा दिया
अक्ल को सर्द कर दिया, रूह को जगमगा दिया

—'असग़र' गोंडवी

1. सुबह के वक्त 2. न्योछावर 3. बिजली 4. तूर नामक पहाड़ पर (हज़रत मूसा के समक्ष लहराई हुई बिजली की ओर संकेत है) 5. ऐसा दिल जिससे कुछ न हो सका 6. शराब का प्याला

ये तो ठीक है कि तेरी जफ़ा[1] भी है इक अता[2] मेरे बास्ते
मेरी हसरतों की क़सम तुझे, कभी मुस्करा के भी देख ले

—आनन्दनारायण 'मुल्ला'

मेरा जो हाल हो सो हो, बर्के-नज़र[3] गिराए जा
मैं यूं ही नालाकश रहूं[4], तू यूं ही मुस्कराए जा

—'जिगर'

हमने इक हसरते-तबस्सुम को
कितने आंसू पिला के पाला है

—'अदीब'

दुआएं दीजिए बीमार के तबस्सुम को
मिज़ाज पूछने वालों की आबरू रख ली

—'अख्तर'

○ *अंगड़ाई*

अंगड़ाई भी वो लेने न पाए उठा के हाथ
देखा मुझे तो छोड़ दिए मुस्करा के हाथ

—'निजाम' रामपुरी

हदे-तकमील[5] को पहुंची तेरी रानाई-ए-हुस्न[6]
जो कमर थी, वो मिटा दी तेरी अंगड़ाई ने

—आनन्दनारायण 'मुल्ला'

---

1. अत्याचार 2. वरदान 3. नज़रों की बिजली 4. आर्तनाद करता रहूं 5. पूर्णता की सीमा 6. सौन्दर्य की पराकाष्ठा

अपने मर्कज़[1] की तरफ़ माइले-परवाज़ था[2] हुस्न
भूलता ही नहीं पालम[3] तेरी अंगड़ाई का

—'अज़ीज़' लखनवी

इलाही ! क्या क़यामत है वो जब लेते हैं अंगड़ाई
मेरे सीने में सब ज़ख्मों के टांके टूट जाते हैं।

—'अमीर' मीनाई

अबस[4] अंगड़ाइयां ले ले के क्यों मलते हो आंखों को
भला ये भी तो घर है सो रहो गर नींद आती है

—अज्ञात

शाखे-गुल[5] झूम के गुलज़ार में सीधी जो हुई
फिर गया आंख में नक़्शा तेरी अंगड़ाई का

—'शर्फ़'

हस्बे-मंशा[6] दिले-पुरशौक़[7] की बातों का जवाब
दे दिया शर्म में डूबी हुई अंगड़ाई ने

—'मंज़र' लखनवी

प्याम ज़ेरे-लंब[8] ऐसा कि कुछ सुना न गया
इशारा पाते ही अंगड़ाई ली, रहा न गया

—'यगाना' चंगेजी।

---

1. केन्द्र 2. उड़ान भर रहा था 3. स्थिति 4. व्यर्थ 5. फूलों की डाली 6. इच्छानुरूप 7. आसक्त दिल 8. होंठों ही होंठों में

हुस्न के हाथ बंधे, वो ज़रा देर सही
मुझ पे एहसां तेरी आई हुई अंगड़ाई का

—'साक़िब' लखनवी

कौन ये ले रहा है अंगड़ाई
आसमानों को नींद आती है

—'फ़िराक़' गोरखपुरी'

○ *चाल*

सांस लेती है वो ज़मीन 'फ़िराक़'
जिस पे वो नाज़ से गुजरते हैं

—'फ़िराक़' गोरखपुरी'

नर्मी व आहिस्तगी से पांव रखने की अदा
सीख लें शबनम के क़तरे आपकी रफ़्तार[1] से

—'जोश' मलीहाबादी

पैदा न हो ज़मीं से नया आस्मां कोई
दिल कांपता है आपकी रफ़्तार देखकर

—'यगाना' चंगेज़ी

रुक-रुक के देखते हैं वो अपना खिरामे नाज़[2]
फिर-फिर के देखते हैं कोई देखता न हो

—'हाज़िक़'

---

1. चाल 2. नख़रीली चाल

खुदा जाने करेगा चाक[1] किस-किसके गिरेबां को
अदा से उनका चलने में वो दामन का उठा लेना
—'जुर्अ'

इसी खिराम[2] को कहते हैं फ़ितना-ए-महशर[3]
कि इस गली में हमारा मज़ार बाक़ी है
—'बेताब' अज़ीमाबादी

○ *नक्शे-पा (पदचिह्न)*

अभी इस राह से कोई गया है
कहे देती है शोखी नक़्शे-पा की
—'तस्कीन'

पड़ता है पांव ठीक जो तारीक[4] राह में
ऐ चश्म[5] ! रौशनी ये किसी नक़्शे-पा की है
—'शाद' अज़ीमाबादी

○ गुस्ल (स्नान)

नहाने में जो लहराती है जुल्फ़े-यार[6] पानी में
तड़पने लगती हैं पानी पे मौजें[7] मछलियां होकर
—'ख्वाजा 'वजीर'

किनार[8] खोल के हसरत से रह गया दरिया
हबाब[9] फूट के रोए जो तुम नहा के चले
—'आतश

1. फाड़ना 2. चाल 3. प्रलय-क्षेत्र में होनेवाला उपद्रव 4. अंधेरी 5. आंख 6. प्रेयसी के केश 7. लहरें 8. किनारे 9. बुलबुले

○ *निक़ाब (मुखपट)*

मुस्कराकर डाल दी रुख[1] पर निक़ाब
मिल गया जो कुछ कि मिलना था जवाब

—'जज़्बी'

हां, क्या हुआ वो हौसला-ए-दीद[2] अहले-दिल[3]
देखो ना वो निक़ाब उठाए हुए तो हैं

—'मजाज़'

मेरी हैरत की क़सम, आप उठाएं तो निक़ाब
मेरा ज़िम्मा है कि जल्वे न परीशां होंगे

—'जिगर' मुरादाबादी

देखे बगैर हाल ये है इज्तिराब[4] का
क्या जाने क्या हो पर्दा जो उट्ठे निक़ाब का

—'असर' सहबाई

'अज़ीज़' मुंह से वो अपने निक़ाब तो उलटें
करेंगे जब अगर दिल पे अख्तियार रहा

—'अज़ीज़' लखनवी

निगाहे-शौक़[5] की थीं बदहवासियां[6] वरना
हज़ार बार वो महफ़िल में बेनिक़ाब पाया

—'असर' सहबाई

---

1. चेहरा 2. दर्शन करने का साहस 3. दिलवालो 4. बेचैनी 5. इश्क़ की नज़रें 6. आतुरताएं

मैं इज़्तिराबे-शौक़[1] कहूं या जमाले-दोस्त[2]
इक बर्क़[3] है जो कौंद रही है निक़ाब में

—'असग़र' गोंडवी

तुम ख़्वाब में भी पाए तो मुंह को छुपा लिया
देखो जहां में पर्दानशीं और भी तो हैं

—'दाग़'

क़्यामत ही न हो जाए जो पर्दे से निकल आओ
तुम्हारे मुंह छुपाने में तो ये आलम[4] निकलता है

—'सफ़ी' लखनवी

मैं तो इस छुपने के सदके[5] कि ये अब ज़िद है उन्हें
हुस्न को इश्क़ की सूरत में 'जिगर' देख न ले

—'जिगर'

० आंचल—दुपट्टा

आंचल ढला रहा मेरे मस्ते-शबाब का
ओढ़ा गया कभी न दोपट्टा संभाल के

—'रियाज़' ख़ैराबादी

ये सैर है कि दोपट्टा उड़ा रही है हवा
छुपाते हैं जो वो सीना कमर नहीं छुपती

—'दाग'

तेरे माथे पे ये आंचल बहुत ही ख़ूब है लेकिन
तू इस आंचल से इक परचम बना लेती तो अच्छा था

—'मजाज़'

---

1. आकांक्षा की व्याकुलता 2. प्रेयसी का सौन्दर्य 3. बिजली 4. स्थिति 5. बलिहारी 6. यौवनोन्मत्त

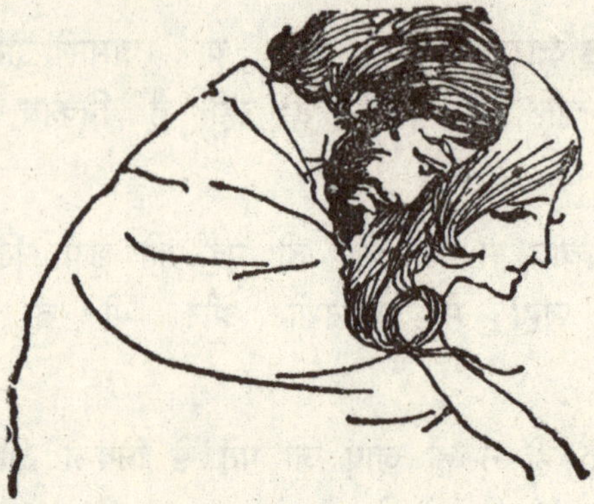

राज़-ओ-नियाज़

[प्रेमियों की बातें]

तुझे कुछ इल्म[1] है कहती है दुनिया
मुझे तुम से मुहब्बत हो गई है

—'अदम'

कहा तुमने कि क्यों हो ग़ैर के मिलने में रुसवाई
बजा कहते हो, सच कहते हो, फिर कहिये कि हां क्यों हो

—'ग़ालिब'

सारी दुनिया समझती है कि सौदाई है
अब मेरा होश में आना तेरी रुसवाई है

—'मुहम्मद अली 'जौहर'

तुम तो दिल मांगते हो, यां जान तलक[2] हाज़िर है
बात ये भी है कोई आप के फ़र्माने की

—'एहसन'

1. पता 2. तक

जो कहोगे तुम, कहेंगे हम भी 'हां, यूं ही सही'
आपकी गर यूं खुशी है, मेह्रबां यूं ही सही

—'ज़ौक़'

ये बात कि सूरत के भले, दिल के बुरे हो
अल्लाह करे झूट, बहुतों से सुनी है

—बशीर बद्र

सुनो तो अर्ज करें, मान लो तो क्या कहना
तुम्हारे पास हम आए थे इक ज़रूरत से

—'फ़िराक़' गोरखपुरी

दिल क्या मिलाओगे कि हमें हो गया यक़ीं
तुमसे तो खाक में भी मिलाया न जाएगा

—'दाग़'

तुम हमारे किसी तरह न हुए
वरना दुनिया में क्या नहीं होता

—'मोमिन'

० आर्जू, तमन्ना

उम्रे - दराज़[1] मांग कर लाए थे चार दिन
दो आर्जू में कट गए दो इन्तिज़ार में

—बहादुरशाह 'ज़फ़र'

1. दीर्घ आयु

ज़िन्दगी को बेनियाज़े - आर्ज़ू[1] करना पड़ा
आह किन आंखों से अंजामे-तमन्ना[2] देखते

—'साहिर' लुधियानवी

हर इक दाग़-तमन्ना को कलेजे से लगाता हूं
कि घर आई हुई दौलत को ठुकराया नहीं जाता

—'मखमूर' देहल्वी

ज़िन्दगी प्रा तुझे क़ातिल के हवाले कर दूं
मुझसे अब खूने - तमन्ना[3] नहीं देखा जाता

—'शकील' बदायूनी

आर्ज़ू तेरी बरक़रार रहे
दिल का क्या है, रहा रहा न रहा

—'हसरत' मोहानी

शवे - फ़िराक़[4] में इक दम नहीं क़रार[5] आया
खुदा गवाह है, शाहिद[6] है आर्ज़ू तेरी।

—'आतश'

इक आर्ज़ू थी अपनी जगह मुस्तक़िल[7] रहो
जब वो क़रीब आए तो हम दूर हो गए

—'खिज्र' बर्नी

---

1. इच्छा-रहित 2. इच्छा का अन्त 3. इच्छाओं का वध 4. बिछोह की रात 5. चैन 6. गवाह 7. स्थायी

जो तमन्ना दिल में थी वो दिल में घुटकर रह गई
उसने पूछा भी नहीं हमने बताया भी नहीं

—'सिराज' लखनवी

सी लिये थे लब[1] तो उनके रूबरू हमने मगर
खामशी ने बढ़ के इज़हारे-तमन्ना[2] कर दिया

—मुईन 'कौसर'

देख कर दिलकशी ज़माने की
आर्ज़ू है फ़रेब खाने को

—'अदम'

प्राजू भी, हसरत भी, दर्द भी, मसर्रत भी
सैंकड़ों हैं हंगामे ज़िन्दगी मगर तन्हा

—'इकबाल' सफीपुरी

बाक़ी अभी है तर्के-तमन्ना[3] की आजू
क्योंकर कहूं कि कोई तमन्ना नहीं मुझे

—'असीर' लखनवी

अभी जिंदा हूं लेकिन सोचता रहता हूं खलवत[4] में
कि अब तक किस तमन्ना के सहारे जी लिया मैंने

—'साहिर' लुधियानवी

1. होंठ 2. इच्छा-प्रकटन 3. इच्छा-त्याग 4. एकान्त

शादकामे-आर्जु[1] होकर तमन्ना मिट गई
कामियाबी का मज़ा था कुछ दिले-नाकाम[2] तक

—'अकबर' हैदरी

यास-ओ-उमीद[3] से काम न निकला दिल की तमन्ना दिल में रही
तर्के-तमन्ना[4] कर न सके, इज्हारे-तमन्ना[5] हो न सका

—'फ़ानी'

पहले कुछ और थे अरमान मरीज़े-ग़म[6] के
अब तो बस एक तमन्ना है कि आराम न हो

—'अंदलीब' शादानी

दिले-वीरां[7] में अरमानों की बस्ती तो बसाता हूं
मुझे उमीद है हर आर्जू ग़म साथ लाएगी

—'जलील'

मायूसे-आर्जू[8] भी हूं मानूसे - यास[9] भी
दिल में जगह नहीं है तमन्ना के वास्ते

—'बेखुद' देहल्वी

दिल की हालत की तरफ़ किसकी नज़र जाती है
इश्क़ की उम्र तमन्ना में गुज़र जाती है

—'फ़ैयाज़' ग्वालियरी

---

1. इच्छापूर्ति 2. असफल हृदय (असफलता) 3. आशा-निराशा 4. इच्छा-त्याग 5. इच्छा-प्रकटन 6. ग़म यानी इश्क़ के रोगी 7. वीरान दिल 8. इच्छापूर्ति से निराश 9. निराशा का अभ्यस्त

अब किसके आगे दस्ते-तमन्ना[1] करें दराज़[2]
वो हाथ सो गया है सरहाने धरे-धरे

—'मेहर'

मरते हैं आज़ू में मरने की
मौत आती है पर नहीं आती

—'गालिब'

तुझसे मिले न थे तो कोई आर्ज़ू न थी
देखा तुझे तो तेरे तलबगार[3] हो गए

—'जिया' अकबराबादी

जब तक मिले न थे तो जुदाई का था मलाल[4]
अब ये मलाल है कि तमन्ना निकल गई

—'ज़ौक़'

इक तेरी तमन्ना ने कुछ ऐसा नवाज़ा है[5]
मांगी ही नहीं जाती अब कोई दुआ हम से

—'ऐजाज़' कामटवी

० हसरत व अरमान

किस-दर्जा दिल-शिकन[6] थे मुहब्बत के हादिसे
हम ज़िन्दगी में फिर कोई अर्मां न कर सके

—'साहिर' लुधियानवी

1. इच्छा-रूपी हाथ ,2. फैलाएं 3. प्राप्ति के इच्छुक 4. दुःख 5. अनुकम्पा की है 6. दिल को तोड़ने वाले

उठ गया आखिर मुहब्बत का भी पर्दा उठ गया
अब न मेरे दिल में हसरत है न उनके दिल में है

—'जिगर' मुरादाबादी

जिन्हें हासिल है तेरा क़ुर्ब[1] खुशकिस्मत सही लेकिन
तेरी हसरत लिये मर जाने वाले और होते हैं

—'हरीचन्द' अख्तर

○ *इम्तिहान व आज़माइश*

सितारों से आगे जहां और भी हैं
अभी इश्क के इम्तिहां और भी हैं

—'इक़बाल'

शर्मिन्दा होगे जाने भी दो इम्तिहान को
रक्खेगा तुम से कौन अज़ीज़ अपनी जान को

—'मीर'

यही है आज़माना तो सताना किसको कहते हैं
अदू[2] के हो लिए जब तुम तो मेरा इम्तिहां क्यों हो

—'ग़ालिब'

बाक़ी अब इम्तिहाने-वफ़ा[3] में है और क्या
ले ज़ब्त कर गया तेरे दर्दे-निहां[4] को मैं

—'साग़र' निज़ामी

1. सामीप्य 2. प्रतिद्वन्द्वी, शत्रु 3. प्रेम-परीक्षा 4. निहित पीड़ा

मुझे आज़माइश में मत डालिएगा
मैं मर जाऊंगा, आप से दूर होकर

—'अदम'

हमवारी-ए-वफ़ा[1] से उलझने लगा था दम
ख़ुश हूं कि तुमने क़स्द[2] किया इम्तिहान का

—'असर' लखनवी

मय वो क्यों पीते बज़्म-गैर में या रब
आज ही हुआ मंजूर उनको इम्तिहां अपना

—'ग़ालिब'

कुछ हो रहेगा इश्क-प्रो-हवस में भी इम्तियाज़[3]
आया है अब मिज़ाज तेरा इम्तिहान पर

—'मीर'

क़द-ओ-गेसू में[4] कैस-ओ-कोहकन[5] की आज़माइश है
जहां हम हैं वहां दार-ओ-रसन[6] की आज़माइश है

—'ग़ालिब'

○ *वादा व एतिबार*

तेरे वादे पे जिये हम तो ये जान झूट जाना
कि खुशी से मर न जाते अगर एतिबार होता

—'ग़ालिब'

---

1. प्रेम की समता 2. इरादा 3. भेद 4. क़द और केशों में 5. मजनूं और फरहाद 6. सूली का तख़्ता और फंदा

ग़ज़ब किया तेरे वादे पे एतिबार किया
तमाम रात क्यामत का इन्तिज़ार किया

—'दाग'

इससे बढ़कर और क्या है सादा लौही[1] इश्क़ की
आपने वादा किया और मुझको बावर[2] हो गया

—नौबतराय 'नजर'

वादे की रात नींद ने फ़ुर्सत उन्हें न दी
अफ़सोस जागकर मेरी तक़दीर सो गई

—'शफ़ीक़' जौनपुरी

उमीद तो बंध जाती, तस्कीन तो हो जाती
वादा न वफ़ा करते, वादा तो किया होता

—चिराग़ हसन 'हसरत'

वादा झूटा कर खिया चलिए तसल्ली हो गई
है ज़रा-सी बात खुश करना दिले-नाशाद[3] का

—'दाग़'

वो फिर वादा मिलने का करते हैं यानी
अभी कुछ दिनों हम को जीना पड़ेगा

—'आसी' उलदुनी

---

1. सरलता 2. विश्वास 3. अप्रसन्न मन

वादा करके और भी आफ़त में डाला आप ने
ज़िदगी मुश्किल थी, अब मरना भी मुश्किल हो गया

—'जलील' मानिकपुरी

यास[1] से आंख जो झपकी तो तवक़्क़ो[2] से खुली
सुब्ह तक वादा-ए-दीदार[3] ने सोने न दिया

—'शेफ़्ता'

करूं मैं वादा-खिलाफ़ी का शिकवा किस-किस से
अजल[4] भी रह गई ज़ालिम सुना के आने की

—'मोमिन'

उसके ईफ़ा-ए-अहद तक[5] न जिये
उम्र ने हम से बेवफ़ाई की

—'मीर'

एतिबारे-इश्क़[6] की खाना खराबी देखिए
गैर ने की आह और वो खफ़ा मुझसे हुआ

—'ग़ालिब'

मेरी दास्ताने-ग़म[7] को वो ग़लत समझ रहे हैं
कुछ उन्हीं की बात बनती अगर एतिबार होता

—'साकिब' लखनवी

1. निराशा 2. आशा 3. दर्शन देने का वादा 4. मृत्यु 5. प्रतिज्ञा पूरी होने के समय तक 6. इश्क पर विश्वास 7. ग़म की कथा

इन्कार व इक़रार

ऐ दावरे-हश्र[1] उनसे न कर पुरसिशे-ईमां[2]
इन्कार का आदी कहीं इन्कार न कर दे

—'हफ़ीज़' जालन्धरी

आप कहते हैं बार - बार 'नहीं'
हमको 'हां' का भी एतिबार नहीं

—'रविश' सिद्दीक़ी

कोई मुंह चूम लेगा इस 'नहीं' पर
शिकन[3] रह जाएगी यूं ही जबीं[4] पर

—'रियाज़' खैराबादी

जब तक था दिल में आपके इक़्रारे रे-वस्ल था
जब आ गया ज़बान पर इन्कार हो गया

- 'बेखुद' देहल्वी

दिलासा-तसल्ली

क़लक़[5] और दिल का सिवा हो गया
दिलासा तुम्हारा बला हो गया

—'हाली'

न जाने मुहब्बत का अंजाम क्या है
मैं अब हर तसल्ली से घबरा रहा हूं

- 'एहसान' दानिश

1. खुदा 2. धर्म-अधर्म की पूछताछ 3. बल 4. माथा 5. दुःख

यूं तसल्ली दे रहे हैं हम दिले-बीमार को
जिस तरह थामे कोई गिरती हुई दीवार को

—'क़तील' शिफ़ाई

○ *क़सम*

खुदा की क़सम उसने खाई जो आज
क़सम है खुदा की मज़ा आ गया

—'दाग़'

ख़ातिर से या लिहाज़ से मैं मान तो गया
झूटी क़सम से आपका ईमान तो गया .

—'दाग़'

○ *सवाल-ओ-जवाब*

मैं पूछता तो हूं मगर जवाब के लिए नहीं
ये क्यों फिरी तेरी नज़र, ये क्यों बदल गई हवा

—'फ़िराक़' गोरखपुरी

कुछ कटी हिम्मते-सवाल में उम्र
कुछ उमीदे-जवाब में गुजरी

—'फ़ानी' बदायूनी

काश उसके रूबरू न करें मुझको हश्र में
कितने मेरे सवाल हैं जिनका नहीं जवाब है

—'मीर'

रात उनको बात-बात पर सौ-सौ दिये जवाब
मुझ को खुद अपनी ज़ात से ऐसा गुमा[1] न था

—'हाली'

जवाब सोच के दिल में वो मुस्कराते हैं
अभी ज़बां पे मेरी सवाल भी तो न था

—'बेखुद' देहल्वी

सवाले-शौक़[2] पे उन को कुछ इज़्तिनाब[3] सा है
जवाब ये तो नहीं है मगर जवाब सा है

—मुइन एहसन 'जज़्बी'

पलट के देख तो लेता अगर जवाब न था
हया से गड़ गए, तुझ को पुकारने वाले

—'शाद' अज़ीमाबादी

दूंगा ज़रा समझ के जवाब उनकी बात का
रुख[4] देखता हूं सिलसिला-ए-वाक़िआत[5] का

—'अकबर' इलाहाबादी

○ छेड़छाड़

तुम छेड़ते हो वज़्म में मुझ को तो हंसी से
पर मुझ पे जो हो जाए है पूछो मेरे जी से

—'मीर'

1. आशा 2. यह सवाल कि प्रेम करते हो या नहीं 3. विरक्ति, बचाव 4. रंगढंग 5. घटनाओं का क्रम

छेड़ने का तो मज़ा तब है कहो और सुनो
बात में तुम तो खफ़ा हो गए, लो और सुनो

—'इन्शा'

यार से छेड़ चली जाए 'असद'
न सही बस्ल[1] तो हसरत ही सही

—'ग़ालिब'

○ *इल्ज़ाम*

मुझ पे रखते हैं हश्र[2] में इल्ज़ाम
आ न जाए ज़बां पे तेरा नाम

—'फ़ानी'

रगें खिचने लगीं, अब मौत का हंगाम[3] आता है
बो जायें, वर्ना उनके सर पे सब इल्ज़ाम आता है

—'अज़ीज़' लखनवी

अपने दिले-बेताब से मैं खुद हूं परीशां
क्या दूं उन्हें इल्ज़ाम मैं कुछ सोच रहा हूं

—'साक़िब' कानपुरी

○ *बोसा (चुम्बन)*

बोसा देते नहीं और दिल पे है हर लहजा निगाह
दिल में कहते हैं मुफ़्त आए तो माल अच्छा है

—'ग़ालिब'

1. मिलन 2. प्रलय 3. समय 4. प्रतिक्षण

जिस लब[1] के ग़ैर बोसे ले उस लब से 'शेफ़्ता'
कमबख़्त गालियां भी नहीं मेरे वास्ते

—'शेफ़्ता'

ले तो लूं सोते में उसके पांव का बोसा, मगर
ऐसी बातों से वो क़ाफ़िर बदगुमां हो जाएगा

—'ग़ालिब'

○ *ग़ुस्सा*

उनको आता है प्यार पर ग़ुस्सा
हम को ग़ुस्से पे प्यार आता है

—'अमीर' मीनाई

रंग बदल के रह गया गुलशने-रोज़गार[2] भी
हम से खफ़ा वो क्या हुए रूठ गई बहार भी

—'शकील' बदायूनी

भवें तनती हैं, खंजर हाथ में है तन के बैठे हैं
किसी से आज बिगड़ी है जो वो यूं बन के बैठे हैं

—'दाग़'

○ *गाली*

वां गया भी मैं तो उनकी गालियों का क्या जवाब
याद थीं जितनी दुआएं सर्फ़े - दरबां[3] हो गईं

—'ग़ालिब'

---

1. होंठ 2. रोज़गार अथवा समय रूपी वाटिका 3. दरबान की भेंट

○ *शिकवा-शिकायत*

चुप हो गया हूं आपकी सूरत को देखकर
करनी थों आपसे मुझे कितनी शिकायतें

—'अदम'

कह के ये और कुछ कहा न गया
कि मुझे आप से शिकायत है

—'आर्जु' लखनवी

'अर्श' पहले ये शिकायत थी, खफ़ा होता है वो
अब ये शिकवा है कि वो ज़ालिम खफ़ा होता नहीं

—'अर्श' मल्सियानी

जब ये मिल जाएं कलेजे से लगाएं इनको
इन हसीनों की किसी बात का शिकवा कैसा

—'रियाज़' खैराबादी

हाले-दिल सुन के वो आज़ुर्दा[1] हैं शायद उनको
इस हिकायत[2] पे शिकायत का गुमां[3] गुज़रा है

—अब्दुलमजीद 'सालिक'

सब न मिलने की बातें थीं जब आकर मिल गए
सारे शिकवे मिट गए, सारा गिला जाता रहा

—'अख्तर' शीरानी

---

1. नाराज़ 2. वृत्तान्त 3. भ्रम

होता है सितम[1] जां-बाज़ों पर, गैरों पे इनायत होती है
इस ज़ुल्म को उनके क्या कहिये, कहिये तो शिकायत होती है

—'अंजुम' मानपुरी

बेमहल[2] बात भली भी तो बुरी होती है
शुक्र करते हुए डरता हूं, शिकायत कैसी

—'दाग़'

मुहब्बत ही में मिलते हैं शिकायत के मज़े पैहम[3]
मुहब्बत जितनी बढ़ती है, शिकायत होती जाती है

—'शकील' बदायूनी

मैं गिला करता हूं अपना तू न सुन ग़ैरों की बात
हैं यही कहने को वो भी और क्या कहने को हैं

—'मोमिन'

○ *बेरुख़ी व बेएतिनाई (विमुखता)*

नज़र जिसकी तरफ़ करके निगाहें फेर लेते हो
क़्यामत तक फिर उस दिल की परीशानी नहीं जाती

—'आनन्दनारायण 'मुल्ला'

अब वो मिलते भी हैं तो यूं कि कभी
हम से कुछ वास्ता न था गोया

—'हसरत' मोहानी

---

1. अत्याचार 2. बेमौक़ा 3. निरन्तर

तुम्हारी बेरुख़ी ने लाज रख ली बादाख़ाने[1] की
तुम आंखों से पिला देते तो पैमाने कहां जाते

—'क़तील' शिफ़ाई

अनजान तुम बने रहे, ये और बात है
ऐसा तो क्या है तुमको हमारी खबर न हो

—'बेदिल' अज़ीमाबादी

वो ये कहते हैं कि 'ग़ालिब' कौन है
कोई बतलाओ कि हम बतलायें क्या

—'ग़ालिब'

अब मेरे रोने वालो ख़ुदा-रा जवाब दो
वो बार-बार पूछते हैं—कौन मर गया

—'हफ़ीज़' जालन्धरी

किस - किस को तेरे तग़ाफुल[2] का दूं जवाब
अक्सर तो रह गया हूं झुकाकर नज़र को मैं

—'मजरूह सुल्तानपुरी

वो शर्मसार तो हैं अपनी बेरुखी के लिए
यही अदा है बहुत मेरी ज़िन्दगी के लिए

—'साबिर' शाहाबादी

---

1. मधुशाला 2. उपेक्षा, बेरुख़ी

इक तर्जे-तग़ाफ़ल[1] है, सो वो उनको मुबारिक
इक अर्ज़े - तमन्ना[2] है, सो हम करते रहेंगे

—फ़ैज अहमद 'फ़ैज़'

हमने माना कि तग़ाफ़ूल न करोगे हरगिज़
खाक हो जाएंगे हम तुमको ख़बर होने तक

—'ग़ालिब'

○ *बदगुमानी (मिथ्या सन्देह)*

कहीं जवाब है इस हद की बदगुमानी का
कि शुक्र भी करूं, आप उसे गिला[3] कहिये

—'शाद' अज़ीमाबादी

मेरे मरने की खबर सुनकर खफ़ा हो जाना
बदगुमानी ये नहीं तो इसे क्या कहते हैं

—'फानी'

उधर वो बदगुमानी है, इधर ये नातवानी[4] है
न पूछा जाए है उससे, न बोला जाए है हमसे

—'ग़ालिब'

○ *रूठना-मनाना*

मान लो तुमसे रूठ जाए कोई
तुम भला किस तरह मनाओगे

—'फ़िराक़' गोरखपुरी

---

1. उपेक्षा या बेरुखी का ढंग 2. इच्छा-प्रकटन 3. शिकायत 4. निर्बलता

न बन पड़ा कोई उज़्रे-जफ़ा[1] किसीसे तो हाय
अदा वो याद है घबरा के रूठ जाने की

—'फ़ानी' बदायूनी

पहले इसमें इक अदा थी, नाज़ था, अन्दाज़ था
रूठना अब तो तेरी आदत में शामिल हो गया

—प्राग़ा शायर

शिकवा किया था अज़-रहे-उल्फ़त[2] तंज[3] समझकर रूठे हो
हम भी नादिम अपनी खता पर, आओ, तुम भी जाने दो

—'असर' लखनवी

आपसे हमसे रंज ही कैसा
मुस्करा दीजिये सफ़ाई है

—'जोश' मलीहाबादी

मैं तो समझा था क़यामत हो गई
ख़ैर, फिर साहब-सलामत हो गई

—'हसरत' मोहानी

ये गुस्ताख़ी, ये छेड़ अच्छी नहीं है, ऐ दिले-नादां
अभी फिर रूठ जायेंगे, अभी वो मन के बैठे हैं

—'दाग़'

---

1. अत्याचार का कारण (बताना) 2. प्रेम के नाते 3. व्यंग्य

रूठने को तो चले रूठ के हम उनसे वले[1]
मुड़ के तकते थे कि अभी कोई मनाकर ले जाए

—इलाहीबख्श खां 'मारूफ़'

लाए उस बुत को इल्तिजा करके
कुफ्र टूटा ख़ुदा-ख़ुदा करके

—दयाशंकर 'नसीम'

○ *बेबसी व बेकसी*

ख़ुद अपनी बेकसी की उड़ाई है यूं हंसी
आए जो अश्क[2] आंख में हम मुस्करा दिये

—'मौज'

पहले पाती थी हाले-दिल पे हंसी
अब किसी बात पर नहीं पाती

—'ग़ालिब'

गर ज़िन्दगी में मिल गए फिर इत्तफ़ाक़[3] से
पूछेंगे अपना हाल तेरी बेबसी से हम

—'साहिर' लुधियानवी

○ *उदासी*

थकी-थकी सी फ़जाएं बुझे-बुझे तारे
बड़ी उदास घड़ी है ज़रा ठहर जाओ

—'सैफुद्दीन 'सैफ़'

1. लेकिन 2. आंसू 3. संयोग 4. वातावरण

मैंने कभी ज़िद तो नहीं की पर आज शब[1]
ऐ महजबीं[2] न जा कि तबीयत उदास है

—'अदम'

○ *रुसवाई (बदनामी)*

मुझको एहसास हुआ जब तेरी रुसवाई का
रुक गया हाथ मेरा जा के गिरेबां के करीब

—'तबस्सुम' देहल्वी

मेरे हाले-दिल की किस सूरत में रुसबाई हुई
रोक ली ज़ालिम ने होंटों पर हंसी आई हुई

—'माहिर'-उल-क़ादरी

मुहब्बत ने किया बदनाम-ओ-रुसवा इस क़दर मुझको
कि हर महफ़िल में मेरी दास्तां दुहराई जाती है

—'मुहम्मद तक़ी 'क़ैस' शेख़ूपुरवी

रुसवा अगर न करना था आलम में यूं मुझे
ऐसी निगाहे-नाज़ से देखा था क्यों मुझे

—आफ़्ताब राय 'रुसवा'

ऐ 'दाग़' सब ये हज़रते - दिल के सलूक हैं
जो कुछ किया जनाब ने, रुसवा किया मुझे

—'दाग़'

1. रात 2. चांद के से माथे बाली (प्रेयसी) 3. संसार 4. नाज़ोंभरी नज़र

○ *फ़ैसला*

बिलकुल उन्हीं की बात, उन्हीं का कहा हुआ
अच्छा ये रोज़े - हश्र[1] मेरा फ़ैसला हुआ

—'हफ़ीज़ जौनपुरी

अदा से देख लो, जाता रहे गिला दिल का
बस इक निगाह पे ठहरा है फ़ैसला दिल का

—'क़लक़' लखनवी

○ *बर्बादी*

इसका रोना नहीं, क्यों तुमने किया दिल बर्बाद
इसका ग़म है कि बहुत देर में बर्बाद किया

—'जोश' मलीहाबादी

मेरी बर्बादियों का हमनशीनो !
तुम्हें क्या, खुद मुझे भी ग़म नहीं है

—'मजाज़'

तुझको बर्बाद तो होना था बहरहाल 'ख़ुमार'
नाज़ कर नाज़ कि उसने तुझे बर्बाद किया

—'ख़ुमार' बाराबंकवी

रोयें न अभी अहले-नज़र[2] हाल पे मेरे
होना है अभी मुझको खराब और ज़्यादा

—'मजाज़'

---

1. प्रलय-दिवस 2. नज़र रखने वाले (पारखी)

फ़राहम कर रहा हूं[1] अपनी बर्बादी का अफ़साना
जो गलियां मैंने देखी थीं वो गलियां देखता हूं मैं

—'नातिक़' गलाउठी

○ *पशेमानी (पश्चात्ताप)*

की मेरे क़त्ल के बाद उसने जफ़ा से तौबा
हाए उस ज़ूद-पशेमां[2] का पशेमां होना

—'ग़ालिब'

वो आए हैं पशेमां लाश पर अब
तुझे ऐ ज़िन्दगी लाऊं कहां से

—'मोमिन'

आप पछतायें नहीं जौर[3] से तौबा न करें
आपके सर की क़सम 'दाग़' का हाल अच्छा है

—'दाग़'

---

1. जुटा रहा हूं 2. तुरन्त ही पश्चात्ताप करने वाला 3. अत्याचार

नामा व प्याम

○ *प्रेम-पत्र तथा प्रेम-सन्देश*

नामाबर[1] तू ही बता तूने तो देखे होंगे
कैसे होते हैं वो खत जिनका जवाब आता है

—'क़मर' बदायूनी

मेरा खत उसने पढ़ा, पढ़ के नामाबर से कहा
यही जवाब है इसका कि कुछ जवाब नहीं

—'अमीर' मीनाई

क़्यामत है, ये कहकर उसने लौटाया है क़ासिद[2] को
कि उनका तो हर एक ख़त आखिरी पैग़ाम होता है

—'शे'री' भोपाली

पुर्जे उड़ा के खत के ये इक पुर्जा लिख दिया
लो अपने एक खत के ये सौ ख़त जवाब में

—'बिस्मिल' देहल्वी

1, 2. पत्रवाहक

तुझ से तो कुछ कलाम नहीं[1] लेकिन ऐ नदीम[2]
मेरा सलाम कहियो अगर नामाबर मिले

—'ग़ालिब'

क्या जाने लिख दिया उसे क्या इज़्तिराब[3] में
क़ासिद की लाश आई है, खत के जवाब में

—'मोमिन'

क़ासिद के आते-आते खत इक और लिख
रखूं मैं जानता हूं जो वो लिखेंगे जवाब में

—'ग़ालिब'

तुम्हारे खत में नया इक सलाम किसका था
न था रक़ीब[4] तो आखिर वो नाम किसका था

—'दाग़

ग़ैर[5] फिरता है मेरे ख़त को लिए यूं कि
अगर कोई पूछे कि ये क्या है तो छुपाए न बने

—'ग़ालिब'

क़ासिद प्यामे-शौक़[6] को देना न इतना तूल
कहना फ़क़त[7] ये उनसे कि प्रांखें तरस गई

—'जलील'

1. कुछ नहीं कहना 2. मित्र 3. बेचैनी 4. 5. प्रतिद्वन्द्वी 6. प्रेम का सन्देश 7. केवल

खत से बढ़ के मुझको है दीदार की लगन
मैं भी चला चलूं न इसी नामाबर के साथ

—अज्ञात

दिल को इस तरह ठहर जाने की आदत तो न थी
क्यों अजल,[1] क्या मेरे नामे का[2] जवाब आता है

—'फ़ानी'

सियाही आंख से लेकर ये नामा तुमको लिखता हूं
कि तुम नामा को देखो और तुम्हें देखें मेरी आंखें

—अज्ञात

मेरा ख़त पढ़ के बोले नामाबर से जा ख़ुदा हाफ़िज़
जवाब आया मेरी किस्मत से लेकिन लाजवाब आया

—'शकील' बदायूनी

आती है बात-बात मुझे बार-बार याद
कहता हूं दौड़-दौड़ के क़ासिद से राह में

—'दाग़'

उलझ न हमसे तू, क़ासिद को हमने क्या, ऐ दिल
सिखा दिया था कि जाना तो जा के रह जाना

—'शाद' अज़ीमाबादी

---

1. मृत्यु 2. पत्र का

क़ासिद आया है वहां से, तू ज़रा थम तो सही
बात तो करने दे उस से दिले-बेताब मुझे

—'तस्कीन'

अल्लाह रे फ़रेबे - तमन्ना[1] कि बारहा'
अपने ही खत को ले के पढ़ा नामाबर से आप

—'अमीद' उमेठवी

हुजूमे - आम[2] है सब रो रहे हैं देखकर उसको
मेरे बाद आज मेरे घर से इक तहरीर[3] निकली है

—'अज़ीज़' लखनवी

अब वहम का इलाज कि ख़त दे के उनके नाम
आगे चले हैं चार क़दम नामाबर से हम

—'रसा' रामपुरी

ले के ख़त उनका किया ज़ब्त बहुत कुछ लेकिन
थरथराते हुए हाथों ने भरम खोल दिया

—'जिगर' मुरादाबादी

चन्द तस्वीरे - बुतां[4] चन्द हसीनों के खुतूत[5]
बाद मरने के मेरे घर से ये सामां निकला

—'ग़ालिब'

1. तमन्नाओं का धोखा 2. जनसमूह 3. लेखन 4. सुन्दरियों के चित्र 5. पत्र

महफ़िल या बज़्म

फिर नज़र में फूल महके, दिल में फिर शम्एं जलीं
फिर तसव्वुर[1] ने लिया उस बज़्म में जाने का नाम

—फ़ैज़ अहमद 'फ़ैज़'

दिल ये कहता है कि तू साथ न ले चल मुझको
जा के वां तेरे क़ाबू से निकल जाऊंगा

—'ज़ौक़'

दिल लेके उसकी बज़्म में जाया न जाएगा
ये मुद्दई बग़ल में छुपाया न जाएगा

—'दाग़'

चल ऐ हमदम ! ज़रा साज़े-तरब[2] की छेड़ भी सुन लें
अगर दिल बैठ जाएगा तो उठ आएंगे महफ़िल से

—'साक़िब'

1. कल्पना 2. हर्षोल्लास का साज़

ये न जाना था कि इस महफ़िल में दिल रह जाएगा
हम ये समझे थे चले आएंगे दम भर देखकर

—'ममनू' सोनीपती

दिले-मुज़्तर[1] से पूछ ऐ रौनक़े-बज़्म
मैं खुद आया नहीं लाया गया हूं

—'शाद' अज़ीमाबादी

यूं तड़प कर दिल ने तड़पाया सरे-महफ़िल[2] मुझे
उसको क़ातिल कहने वाले कह उठे क़ातिल मुझे

—'जिगर' मुरादाबादी

एक आंसू ने डुबोया मुझ को उनकी बज़्म में
बूंद भर पानी से सारी आबरू पानी हुई

—'ज़ौक़'

जिस शोख़ नज़र की महफिल में आंसू भी तबस्सुम बन जाए
वां शमन जलाई जाएगी, परवाने का मातम क्या होगा

—'मजरूह' सुल्तानपुरी

जो तेरी बज़्म से उट्ठा वो इस तरह उट्ठा
किसी की आंख में आंसू किसी के दामन में

—अब्दुलमजीद 'सालिक'

---

1. व्याकुल मन 2. महफ़िल में

ये उदास-उदास चेहरे ये हसीं-हसीं तबस्सुम
तेरी अंजुमन[1] में शायद कोई आईना नहीं है

—'शकील' बदायूनी

कहां की ऐसी उजलत[2] है तक़ाज़ों पर तक़ाज़ा है
ज़रा मैं दिल को समझा लूं उठा जाता हूं महफ़िल से

—'हयात' अमरोहवी

उठकर तो आ गए हैं तेरी बज़्म से मगर
कुछ दिल ही जानता है किस दिल से आए हैं

—फ़ैज़ अहमद 'फैज'

शायद मुझे निकाल के पछता रहे हों आप
महफ़िल में इस ख़याल से फिर आ गया हूं मैं

—'अदम'

'हसरत'! तेरी निगाहे-मुहब्बत[3] को क्या कहूं
महफ़िल में उनसे रात शरारत न हो सकी

—'हसरत' मोहानी

सवाल उनका, जवाब उनका, सुकूत[4] उनका, खिताब[5] उनका
हम उनकी अंजुमन[6] में सर न करते खम[7] तो क्या करते

—'मजरूह सुल्तानपुरी

1. महफ़िल 2. जल्दी 3. प्रेम-भरी नज़रें 4. मौन 5. सम्बोधन 6. महफ़िल 7. न झुकाते

इश्क़-ओ-आशिक़ी

- आदाबे-इश्क़

खमोश ऐ दिल ! भरी महफ़िल में चिल्लाना नहीं अच्छा
अदब[1] पहला क़रीना[2] है मुहब्बत के क़रीनों में

—'इक़बाल'

उनके आते ही मैंने दिल का किस्सा छेड़ दिया
उल्फ़त के आदाब मुझे आते - आते आएंगे

—'माहिर'-उल-क़ादरी

बन जाऊं न बेगाना - ए - आदाबे - मुहब्बत[3]
इतना न क़रीब आओ, मुनासिब ही यही है

—'जिगर'

- *इब्तिदा व इन्तिहा (प्रेमारम्भ तथा अन्त)*

इब्तिदाए-इश्क़ है रोता है क्या
आगे-आगे देखिये होता है क्या

—'मीर'

1. शिष्टता 2. ढंग 3. प्रेम के शिष्टाचार से अपरिचित

इब्तिदा से आज तक 'नातिक़' की है ये सरगुज़श्त[1]
पहले चुप था, फिर हुआ दीवाना, अब बेहोश है

—'नातिक़' लखनवी

दिल सरापा[2] दर्द था वो इब्तिदा-ए - इश्क़ थी
इन्तिहा ये है कि 'फ़ानी' दर्द अब दिल हो गया

—'फ़ानी' बदायूनी

इब्तिदा वो थी कि था जीना मुहाल[3]
इन्तिहा ये है कि अब मरना भी मुश्किल हो गया

—'जिगर' मुरादाबादी

अब इब्तिदा-ए-इश्क़ का आलम कहां 'हफ़ीज़'
कश्ती मेरी डुबो के वो साहिल उतर गया

—'हफ़ीज़' जालन्धरी

○ *शौक़-दीदार (दर्शनाभिलाषा)*

माना कि तेरी दीद[4] के क़ाबिल नहीं हूँ
मैं तू मेरा शौक़ देख, मेरा इन्तिज़ार देख

—'इक़बाल

पहले तो शौक़-दीद में सब कुछ भुला दिया
अब मैं नज़र को ढूंड रहा हूं नज़र मुझे

—'तस्वीर' खानम अमरोहवी

1. हाल 2. सिर से पांव तक 3. कठिन 4. दर्शन

हसरते-दीदार पर्दा बन गई दीदार का
शौक़ कहता हो रहा जी भर के सूरत देखिये

—'असर' लखनवी

कुछ इतने दिये हसरते-दीदार ने धोके
वो सामने बैठे हैं यक़ी हमको नहीं है

—'निहाल' लखनवी

एहवाले-शौक़[1] मुझसे मेरे महजबीं[2] न पूछ
तेरी नज़र से तुझको छुपाने का शौक़ है

—नरेशकुमार 'शाद'

जान आंखों में रही जी से गुज़रने न दिया
अच्छी दीदार की हसरत थी कि मरने न दिया

—अब्दुल लतीफ़ 'तपिश'

○ *इन्तिजार*

कुछ रोज़ ये भी रंग रहा इन्तिज़ार का
आंख उठ गई जिधर बस उधर देखते रहे

—'असर' लखनवी

आ जाम्रो कि अब ख़ल्वते-ग़म[3], ख़ल्वते-ग़म
है अब दिल के धड़कने की भी आवाज़ नहीं है

—'जिगर' मुरादाबादी

---

1. शौक़ या प्रेम का विवरण 2. चांद के से माथे वाली (प्रेयसी) 3. ग़म का एकाकीपन

मैं इन्तिज़ार करूंगा तेरा क़यामत तक
ख़ुदा करे कि क़यामत हो और तू आए

—यूसुफ़ 'जफ़र'

ये कह-कहकर हम दिल को बहला रहे हैं
वो अब चल चुके हैं वो अब पा रहे हैं

—'जिगर' मुरादाबादी

रहती थी उसकी याद वो रातें किधर गईं
अब मुझको इन्तिजार है उस इन्तिज़ार का

—'दाग़'

अल्ला री बेखुदी[1] कि तेरे पास बैठकर
तेरा ही इन्तिज़ार किया है कभी-कभी

—नरेशकुमार 'शाद'

न कोई वादा, न कोई यक़ीं, न कोई उमीद
मगर हमें तो तेरा इन्तिज़ार करना था

—'फ़िराक़' गोरखपुरी

मौत का इन्तिज़ार बाक़ी है
आपका इन्तिजार था, न रहा

—'फानी'

1. आत्मविसर्जना

कहते हैं लोग मौत से बदतर है इन्तिज़ार
मेरी तमाम उम्र कटी इन्तिज़ार में

—'मजाज़'

तमाम उम्र तेरा इन्तिज़ार कर लेंगे
मगर ये रंज रहेगा कि ज़िन्दगी कम है

—'शाहिद' सिद्दीकी

कोई आया न पाएगा लेकिन
क्या करें गर न इन्तिजार करें

—'फ़िराक़'

शबे-इन्तिज़ार[1] की कशमकश न पूछ कैसे सहर[2] हुई
कभी इक चिराग़ जला दिया कभी इक चिराग़ बुझा दिया

—'मजरूह सुल्तानपुरी

दिया खामोश है लेकिन किसी का दिल तो जलता है
चले आयो जहां तक रोशनी मालूम होती है

—'नशूर' वाहिदी

○ *आमदे-यार (प्रेयसी का आगमन)*

वो आएं घर में हमारे खुदा की क़ुदरत है
कभी हम उनको कभी अपने घर को देखते हैं

—'गालिब'

---

1. प्रतीक्षा की रात 2. सुबह

उनकी वो आमद-आमद, अपना यहां ये आलम[1]
इक रंग आ रहा है इक रंग जा रहा है

—'जिगर' मुरादाबादी

तुम आ गए तो शबे-ग़म के पुछ गए आंसू
यहां न था कोई दिन भर अभी ठहर जाओ

—'फ़िराक़'

कहां का वस्ल[2] तन्हाई ने शायद भेस बदला है
तेरे दम भर के आ जाने को हम भी क्या समझते हैं

—'फ़िराक़'

यक-लख़्त[3] चौंक उठा हूं जिस दम पड़ी है आंख
आए तुम आज भूली हुई याद की तरह

—'फ़िराक़'

अब तक न ख़बर थी मुझे उजड़े हुए घर की
तुम आए तो घर बे - सरोसामां नज़र आया

—'जोश' मलीहाबादी

○ *मुलाकात*

तुम्हें ग़ैरों से कब फ़ुर्सत हम अपने ग़म से कब ख़ाली
चलो बस हो चुका मिलना न तुम ख़ाली न हम ख़ाली

–मिर्जा जाफ़रअली 'हसरत'

---

1. हालत 2. मिलन 3. यकायक

अब कौन बात रह गई, ये बात भी गई।
यानी कभी-कभी की मुलाक़ात भी गई

—'मुबारिक' अज़ीमाबादी

मैंने माना कि मुझे उन से मुहब्बत न रही
हमनशीं[1] फिर भी मुलाक़ात से जी डरता है

—हसन 'नईम'

रस्ते में आज उन से मुलाक़ात हो गई
जी डर रहा था जिससे वही बात हो गई

—अज्ञात

चन्द कलियां निशात की चुनकर मुद्दतों मह्वे-यास[2] रहता हूं
तेरा मिलना खुशी की बात सही तुझसे मिलकर उदास रहता हूं

—'साहिर' लुधियानवी

सामने तेरे जैसे कोई बात
याद आ-आ के भूल जाती है

—'फ़िराक़' गोरखपुरी

तुझसे अब मिल के तअज्जुब है कि अर्सा इतना
आज तक तेरी जुदाई में ये क्योंकर गुज़रा

—'हसरत' मोहानी

1. साथी 2. निराशा-मग्न

बेक़रारी थी सब उमीदे-मुलाक़ात[1] के साथ
अब तो अगली सी दराजी[2] शबे-हिज्रां[3] में नहीं

—'हाली'

○ *गुफ़्तगू (बातचीत)*

तुम मुख़ातिब[4] भी हो क़रीब भी हो
तुम को देखू कि तुम से बात करूं

—'फ़िराक़'

बात भी आपके आगे न ज़बां से निकली
लीजिए आए थे हम सोच के क्या-क्या दिल में

—वज़ीरअली 'सहबा'

या कहते थे कुछ कहते, जब उसने कहा कहिये
तो चुप हैं कि क्या कहिये, खुलती है ज़बां कोई

—'फ़ानी'

वो एक बात जो मौज़ू - ए - गुफ़्तगू[5] बनती
मिले जो आप तो कमबख़्त याद ही न रही

—'रज़ा' नक़वी

है कुछ ऐसी ही बात जो चुप हूं
वर्ना क्या बात कर नहीं पाती

—'ग़ालिब'

---

1. मिलने की आशा 2. दीर्घता 3. विछोह की रात 4. सम्बोधित 5. बातचीत का विषय

○ *रुख़सते-यार (विदा)*

आपको जाते हुए देख के संभलेगा न दिल
उसको बातों में लगा लूं तो चले जाइएगा

—अज्ञात

देखते ही देखते धुंदले हुए नक़्श-ओ-निगार
ऐ मेरी जाती हुई दुनिया, ये मुझको क्या हुआ

—'अज़ीज़' लखनवी

बैठे उदास, उट् ठे परीशां, ख़फ़ा चले
पूछे तो कोई आपसे, क्या आए क्या चले

—'दाग'

जाना-जाना जल्दी क्या है ! इन बातों को जाने दो
ठहरो-ठहरो, दिल तो ठहरे, मुझको होश तो आने दो

—आगा 'शायर'

सौ हसरतों से पूछना मेरा कि जाओगे
उनका वो एक नाज़ से कहना कि 'हां चले'

—मुहम्मद जकरिया खां 'जकी'

अब के बिछुड़े तो शायद कभी ख़्वाबों में मिलें
जिस तरह सूखे हुए फूल किताबों में मिलें

—अहमद 'फ़राज'

○ दूरी व नजदीकी

दिल उन्हें तरसता है जब वो दूर होते हैं
जब क़रीब होते हैं आंख उन्हें तरसती है

—'रिशी' पटियालवी

उनका आना हश्र से कुछ कम न था
और जब पलटे क़यामत ढा गए

—अहमद नदीम 'क़ासमी'

क्या कीजिए शिकवा दूरी का, मिलना भी ग़ज़ब हो जाता है
जब सामने वो आ जाते हैं, एहसासे - अदब[1] हो जाता है

—'क़तील' शिफ़ाई

○ तेरे बगैर

यूं ज़िन्दगी गुज़ार रहा हूं तेरे बग़ैर
जैसे कोई गुनाह किये जा रहा हूं मैं

—'जिगर'

वीरां है मयकदा[2] ख़ुम-ओ-साग़र[3] उदास हैं
तुम क्या गए कि रूठ गए दिन बहार के

फ़ैज़ अहमद 'फ़ैज़'

तेरे बग़ैर किसी चीज़ की कमी तो नहीं
तेरे बग़ैर तबीयत उदास रहती है

—'अदम'

---

1. शिष्टाचार का एहसास 2. मधुशाला 3. शराब का मटका तथा प्याला

मालूम थों मुझे तेरी मजबूरियां मगर
तेरे बग़ैर नींद न आई तमाम रात

—'माइल' नक़वी

○ *राहगुज़र*[1]

ज़िन्दगी यूं भी गुज़र ही जाती
क्यों तेरा राहगुज़र याद आया

—'ग़ालिब'

दिल से मिलती तो है इक राह कहीं से आकर
सोचता हूं ये तेरी राहगुज़र है कि नहीं

—'मजरूह' सुल्तानपुरी

समझे थे तुझसे दूर निकल जाएंगे कहीं
देखा तो हर मुक़ाम तेरी राहगुज़र में है

—'जिगर'

हम बैठे हैं यूं मुन्तज़िर इस राहगुज़र में
गोया कि उसी शोख के ठहराए हुए हैं

—क़ुर्बानअली बेग 'सालिक'

○ *कूचा-ए-जानां (प्रेयसी की गली)*

चला जो कूचा-ए-जानां की सम्त[2] मैं 'नख़शब'
तो दूर तक मुझे समझाने ज़िन्दगी आई

—'नख़राब' जार्जवी

1. पथ 2. ओर

हज़रते-'दाग़' ये है कूचा-ए-कातिल, उठिये
जिस जगह बैठते हैं आप तो जम जाते हैं

—'दाग़'

शैख जी ! हूरों के मस्कन[1] की तो ये राह नहीं
कूचा - ए - यार है ये, आप किधर जाते हैं

—'रंजूर' अज़ीमाबादी

तेरे कूचे हर बहाने मुझे दिन से रात करना
कभी इनसे बात करना कभी उनसे बात करना

—'मुसहफ़ी'

जब मैं चलता हूं तेरे कूचे से कतरा के कभी
दिल मुझे फेर के कहता है, उधर को चलिये

—मीर 'हसन'

गली में यार की ऐ 'शाद' सब मुश्ताक़[2] बैठे हैं
खुदा जाने वहां से हुक्म किसके नाम आएगा

—'शाद' अज़ीमाबादी

कभी तक के दर[3] को खड़े रहे, कभी आह भर के चले गए
तेरे कूचे में जो हम आए भी तो ठहर-ठहर के चले गए

—'मुसहफ़ी'

---

1. निवास-स्थान 2. उत्सुक, अभिलाषी 3. दरवाजा

हां वो नहीं खुदापरस्त, जाओ वो बेबफ़ा सही
जिसको हो दीन-ओ-दिल[1] अज़ीज़ उसकी गली में जाए क्यों

—'ग़ालिब'

जं-तूं 'असद' को लाए थे उसकी गली से हम
खानाखराब राह में फिर से मचल गया

—'असद' शाहजहानपुरी

निकलना ख़ुल्द से[2] आदम का सुनते आए थे लेकिन
बहुत बेबाबरू होकर तेरे कूचे से हम निकले

—'ग़ालिब'

○ *बाम-ओ-दर (छत व चौखट)*

रंग पैराहन[3] का, ख़ुश्बू जुल्फ़ लहराने का नाम
मौसमे-गुल[4] है तुम्हारे बाम दर आने का नाम

—फ़ैज़ अहमद 'फ़ैज़'

बेख़ुदी में[5] हम तो तेरा दर समझकर झुक गए
अब ख़ुदा मालूम वो का'बा था या बुतख़ाना था

—'तालिब' बाग़पती

○ इश्क़

इश्क़ पर ज़ोर नहीं है ये वो आतश[6] 'ग़ालिब'
कि लगाए न लगे और बुझाए न बने

—'ग़ालिब'

---

1. धर्म व दिल 2. जन्नत 3. लिबास 4. वसन्त ऋतु 5. आत्म-विसर्जन में - 6. आग

शायद इसी का नाम मुहब्बत है 'शेफ़्ता'
इक आग सी है सीने के अन्दर लगी हुई

—'शेफ़्ता'

इश्क़ सुनते थे जिसे हम, वो यही है शायद
ख़ुद-ब-खुद दिल में है इक शख़्स समाया जाता

—'हाली'

कभू रोना, कभू हंसना, कभू हैरान हो रहना
मुहब्बत क्या भले चंगे को दीवाना बनाती है

—मीर 'दर्द'

उल्फ़त[1] का जब मज़ा है कि वो भी हों बेक़रार
दोनों तरफ़ हो आग बराबर लगी हुई

—'इस्माईल' मेरठी

मुहब्बत के लिए कुछ ख़ास दिल मख़्सूस[2] होते हैं
ये वो नग़मा है जो हर साज़ पर गाया नहीं जाता

—'मख़्मूर' देहल्वी

कोई समझे तो एक बात कहूं
इश्क़ तौफ़ीक़ है गुनाह नहीं

—'फ़िराक़' गोरखपुरी

1. प्रेम 2. बिशिष्ट, निश्चित

ये इश्क़ नहीं आसां, इतना ही समझ लीजे
इक आग का दरिया है और डूब के जाना है

—'जिगर' मुरादाबादी

इश्क़ ने 'ग़ालिब' निकम्मा कर दिया
वर्ना हम भी आदमी थे काम के

—'ग़ालिब'

जिन-जिन को था ये इश्क़ का आज़ार[1] मर गए
अकसर हमारे साथ के बीमार मर गए

—'मीर'

इस इश्क़ के मारों का इतना ही फ़साना है
रोने को नहीं कोई, हंसने को ज़माना है

—'जिगर' मुरादाबादी

क्यों हिज्र[2] के शिकवे करता है क्यों दर्द के रोने रोता है
अब इश्क़ किया है तो सब्र भी कर, इसमें तो यही कुछ होता है

—'हफ़ीज़' जालन्धरी

मुहब्बत में इक ऐसा वक़्त भी दिल पर गुजरता है
कि आंसू खुश्क हो जाते हैं तुग़ियानी[3] नहीं जाती

—'जिगर' मुरादाबादी

---

1. रोग 2. जुदाई 3. उफ़ान

तड़पूं तो राज खोलूं संभलूं तो इश्क़ नाखुश
जिस हाल को मैं समझा अच्छा, वही बुरा था

—'साक़िब' लखनवी

ये भी इक तमाशा है कारज़ारे-उल्फ़त[1] का
दिल किसी का होता है, बस किसी का चलता है

—'अफ़सर' मेरठी

इश्क़ जब तक न कर चुके रुसवा
आदमी काम का नहीं होता

—'जिगर'

न जाने कौन सी मंज़िल पे आ पहुंचा है प्यार अपना
न हमको एतिबार अपना न उनको एतिबार अपना

—'क़तील' शिफ़ाई

ये सानिहा[2] भी मुहब्बत में बारहा[3] गुज़रा
कि उसने हाल भी पूछा तो आंख भर आई

—'नासिर' काज़मी

वो पाते हैं तो दिल में कुछ कसक मालूम होती है
मैं डरता हूं कहीं इसको मुहब्बत तो नहीं कहते

—'अदम'

1. प्रेम का रणक्षेत्र 2. घटना 3. कई बार

ऐ दोस्त मेरे सीने की धड़कन तो देखना
वो चीज़ तो नहीं है मुहब्बत कहें जिसे

—'अदम'

मुश्किल था कुछ तो इश्क़ की बाज़ी को जीतना
कुछ जीतने के खौफ़ से हारे चले गए

—'शकील' बदायूनी

वो कौन थे जो इश्क़ को इक खेल जानकर
खेले भी और चल भी दिये जीत हार के

—'हफ़ीज़' जालन्धरी

हाय ये मजबूरियां, महरूमियां, नाकामियां
इश्क़ आखिर इश्क़ है, तुम क्या करो, हम क्या करें

—'जिगर' मुरादाबादी

दिल गया रुसवा हुए आखिर को सौदा[1] हो गया
इस दो-रोज़ा जीस्त[2] में हम पे भी क्या-क्या हो गया

—मीर तक़ी 'मीर'

न जाने कौन सी मंज़िल है ये मुहब्बत की
कि तुमको देखकर नाशाद[3] हो गया हूं मैं

—'अदम'

---

1. उन्माद 2. जीवन 3. अप्रसन्न

मालूम है मुहब्बत लेकिन इसी के हाथों
ऐ जाने-इश्क़ मैंने तेरा बुरा भी चाहा

—'फ़िराक़'

मुहब्बत में नहीं है फ़र्क़ जीने और मरने का
उसी को देखकर जीते हैं जिस काफ़िर पे दम निकले

—'ग़ालिब'

इस इश्क़ में जां को खोना है मातम करना और रोना है
मैं जानता हूं जो होना है पर क्या करूं जब दिल आ जाए

—'बहज़ाद' लखनवी

इश्क़ दिल में रहे तो रुसवा हो
लब पे आए तो राज़ हो जाए

—फ़ैज़ अहमद 'फ़ैज़'

तुमको हज़ार शर्म सही मुझको लाख जब्त
उल्फ़त[1] वो राज है जो छुपाया न जायगा

—'हाली'

तुम भी 'मजाज़' इन्सां हो आखिर लाख छुपाओ इश्क़ अपना
ये भेद मगर खुल जाएगा, ये राज़ मगर इफ़शां[2] होगा

—'मजाज़'

---

1. प्रेम 2. प्रकट

मुहब्बत इस तरह मालूम हो जाती है दुनिया को
कि ये मालूम होता है, नहीं मालूम होती है

—'अख़्तर' शीरानी

क्यों कहूंगा मैं किसी से तेरे ग़म की दास्तां
और अगर ऐ दोस्त लब[1] पर तेरा नाम आ ही गया

—'मजरूह' सुल्तानपुरी

'जिगर' मैंने छुपाया लाख अपना दर्दे-ग़म लेकिन
बयां कर दी मेरी सूरत ने क़ैफ़ीयतें[2] दिल की

—'जिगर' मुरादाबादी

मुहब्बत रंग दे जाती है जब दिल दिल से मिलता है
मगर मुश्किल तो ये है दिल बड़ी मुश्किल से मिलता है

—'जलील'

कुछ हक़ीक़त[3] न हो मुहब्बत की
नश्शा सा इक ज़रूर रहता है

—'साग़र' निज़ामी

हुई न आम जहां में कभी हुकूमते-इश्क[4]
सबब ये है कि मुहब्बत ज़माना-साज़ नहीं

—'इक़बाल'

1. होंठ 2. स्थितियां 3. वास्तविकता 4. प्रेम का शासन

○ *वफ़ा-ओ-जफ़ा*

हमको उनसे वफ़ा की है उमीद
जो नहीं जानते वफ़ा क्या है

—'ग़ालिब'

वफ़ा तुमसे ऐ बेवफ़ा चाहता हूं
मेरी सादगी देख, क्या चाहता हूं

—'हसरत' मोहानी

वफ़ा के नाम पे तुम क्यों संभल के बैठ गए
तुम्हारी बात नहीं, बात है ज़माने की

—'मजरूह' सुल्तानपुरी

वफ़ा जिससे की बेवफ़ा हो गया
जिसे बुत बनाया खुदा हो गया

—'हफ़ीज़' जालन्धरी

सितम[1] को हम करम[2] समझे, जफ़ा को हम वफ़ा समझे
न इस पर भी अगर समझे तो उस बुत को खुदा समझे

—'ज़ौक़'

नहीं शिकवा मुझे कुछ बेवफ़ाई का तेरी हरगिज़
गिला[3] तब हो अगर तूने किसी से भी निबाही हो

—मीर 'दर्द'

---

1. अत्याचार 2. कृपा 3. शिकायत

ग़ैर ने तुमको 'जां' कहा समझे भी कुछ कि क्या कहा
यानी कि बेवफ़ा कहा जान का एतिबार क्या

—'ग़ालिब'

लुत्फ़ आने लगा जफ़ाओ में
वो कहीं मेहबां न हो जाए

—'हफ़ीज़' जालन्धरी

अपनी तबाहियों का मुझे कोई ग़म नहीं
तुमने किसी के साथ मुहब्बत निभा तो दी

—'साहिर' लुधियानवी

हमसे क्या हो सका मुहब्बत में
तुमने तो खैर बेवफ़ाई की

—'फ़िराक़' गोरखपुरी

कुछ दिल को मुहब्बत में मिटने का खयाल आया
कुछ तेरे तग़ाफ़ुल[1] ने की हौसला अफ़ज़ाई

—'जज़्बी '

ग़म तो इसका है वो अहदे-वफ़ा[2] टूट गया
बेवफ़ा कोई भी हो, तुम न सही हम ही सही

—राही मासूम 'रज़ा'

1. बिमुखता, जफ़ा 2. प्रेम-प्रतिज्ञा

○ *दामन-प्रो-गिरेबां*

हाय उस चार गिरह कपड़े की किस्मत 'ग़ालिब'
जिसकी क़िस्मत में हो आशिक़ का गिरेबां होना

—'ग़ालिब'

ये दामन है ये है गिरेबां, आओ कोई काम करें
मौसम का मुंह तकते रहना काम नहीं दीवानों का

—'हफ़ीज़' जालन्धरी

हाय कब तक मैं घबराऊंगा ऐ दस्त-जुनूं[1]
अब तो दामन भी नहीं है जो बहल जाऊंगा

—'तस्लीम'

न जाने क्यों ज़माना हंस रहा है मेरी हालत पर
जुनूं[2] में जैसा होना चाहिए वैसा गिरेबां है

—'सिराज' लखनवी

सौ बार तेरा दामन हाथों में मेरे आया
जब आंख खुली देखा अपना ही गिरेबां था

—'असग़र' गोंडवी

सबका तो मुदावा[3] कर डाला अपना ही मुदावा कर न सके
सबके तो गिरेबां सी डाले अपना ही गिरेबां भूल गए

—'मजाज़'

---

1. उन्माद-रूपी हाथ 2. उन्माद 3. इलाज

जुनूने-इश्क या दीवानगी

दिले-बर्बाद में प्राबाद हुए इश्क़-ओ-जुनूं
कोई बस्ती नहीं बेहतर मेरे वीराने से

—'दाग़'

इक बार तुझे अक्ल ने चाहा था भुलाना
सौ बार जुनूं ने तेरी तस्वीर दिखा दी

—'माहिर'-उल-क़ादरी

क्या-क्या हुआ है हमसे जुनूं में न पूछिये
उलझे कभी ज़मीं से कभी आस्मां से हम

—'मजाज़'

कहती थी जुनूं जिसको दुनिया, बिगड़ी हुई सूरत अक्ल की थी
फाड़ा था गिरेबां तेरे लिए, जब तू न रहा सीना ही पड़ा

—'जमील' मंज़हरी

अब के जुनूं में फ़ासला शायद न कुछ रहे
दामन के चाक और गिरेबां के चाक में

—मीर तक़ी 'मीर'

चलो अच्छा हुआ काम आ गई दीवानगी अपनी
वगरना हम ज़माने भर को समझाने कहां जाते

—'क़तील' शिफ़ाई

हर इक सूरत हर इक तस्वीर मुबहम[1] होती जाती है
इलाही क्या मेरी दीवानगी कम होती जाती है

—आनन्दनारायण 'मुल्ला'

कोई नासेह[2] है, कोई दोस्त है, कोई ग़मख़्वार
सबने मिलकर मुझे दीवाना बना रक्खा है

—'आसी' उल्दनी

○ *जुनून-ओ-होश*

दीवानगी-ए-इश्क़ के बाद आ ही गया होश
और होश भी वो होश कि दीवाना बना दे

—'जिगर' मुरादाबादी

हमें भी देख जो इस दर्द से कुछ होश में आए
अरे दीवाना हो जाना मुहब्बत में तो आसां है

—'फ़िराक़' गोरखपुरी

मुझको तो होश नहीं, तुझको खबर हो शायद
लोग कहते हैं कि तुमने मुझे बर्बाद किया

—'जोश' मलीहाबादी

○ *मरीजे-इश्क़ या बीमारे-मुहब्बत*

मरीज़े-इश्क़ पर रहमत ख़ुदा की
मर्ज़ बढ़ता गया जूं-जूं दवा की

—'मीर'

---

1. अस्पष्ट, सन्दिग्ध 2. धर्मोपदेशक

अब तो बीमारे-मुहब्बत तेरे
क़ाबिले-गौर हुए जाते हैं

—'दाग़'

बीमार तेरे जी से गुज़र जाएं तो अच्छा
जीते हैं न मरते हैं, ये मर जाएं तो अच्छा

—'फ़ानी'

उनके देखे से जो आ जाती है मुंह पे रौनक
वो समझते हैं कि बीमार का हाल अच्छा है

—'ग़ालिब'

सुनने वाले रो दिये सुनकर मरीज़े-ग़म का हाल
देखने वाले तरस खाकर दुआ देने लगे

—'साक़िब' लखनवी

उल्टी हो गईं सब तद्बीरें, कुछ न दवा ने काम किया
देखा इस बीमारी-ए-दिल ने आखिर काम तमाम किया

—'मीर'

○ *मिजाज-पुरसी*

कुछ इस अदा से यार ने पूछा मेरा मिज़ाज
कहना पड़ा कि शुक्र है परवर्दिगार का

—'साक़िब' लखनवी

अच्छे ईसा[1] हो मरीज़ों का खयाल अच्छा है
हम मरे जाते हैं तुम कहते हो हाल अच्छा है

—'अमीर' मीनाई

वो अयादत[2] के लिए आए हैं, लो और सही
आज ही खूबी-ए-तक़दीर[3] से हाल अच्छा है

—'दाग'

देखने आए थे वो अपनी मुहब्बत का असर
कहने को ये है कि आए हैं अयादत करके

—'हसरत' मोहानी

बह रे-अयादत[4] आए वो लेकिन क़ज़ा[5] के साथ
दम ही निकल गया मेरा आवाज़े-पा[6] के साथ

—'मोमिन'

○ *चारासाजी या इलाज*

मुझ दिल का ऐ तबीब[7] समझ कर इलाज कर
मुद्दत से है ये इश्क़ का बीमार देखना

-काशीनाथ बटालवी

तद्‌बीर मेरे इश्क की क्या फ़ायदा तबीब
अब जान ही के साथ ये आज़ार[8] जायगा

—'मीर'

---

1. हज़रत ईसा (मुर्दों को जिलाने वाला चिकित्सक) 2. मिज़ाज-पुरसी 3. भाग्य की ख़ूबी 4. मिज़ाज-पुरसी के लिए 5. काल 6. पैरों की चाप 7. हकीम, उपचारक 8. रोग

बस एक लतीफ़ तबस्सुम[1], बस एक हसीन नज़र
मरीज़े-ग़म की ये हालत संभल तो सकती है

—'सलाम' मछली शहरी

मिल गई राहत, हमेशा के लिए नींद आ गई
चारागर[2] रुख़सत हुए, बीमार अच्छा हो गया

—'दिल' शाहजहानपुरी

तबीबों से[3] मैं क्या पूछूं इलाजे - दर्दे - दिल
मरज़ जब ज़िन्दगी ख़ुद हो तो फिर उसकी दवा क्या है

—'अकबर' इलाहाबादी

'फ़ानी' दवा-ए-दर्दे-जिगर, ज़ह्र तो नहीं
क्यों हाथ कांपता है मेरे चारासाज़ का

—'फ़ानी'

धोका न खाओ चारागरो वाक़्यात से[5]
पहलू में दिल नहीं है तो क्या दर्द भी नहीं

—'आसी' उल्दनी

क्या देखता है हाथ मेरा छोड़ दे तबीब
यां जान ही बदन में नहीं, नब्ज़ क्या चले

—'ज़ौक़'

---

1. मृदुल मुस्कान 2. उपचारक 3. उपचारकों से 4. उपचारक 5. घटनाओं से

फिर आ गया हूं आपकी पलकों को चूमने
इसके बगैर दर्द का चारा[1] नहीं हुआ

—अज्ञात

○ *नज़् अ़ या जांकनी (चन्द्रा)*

नज़्अ़ में उसने इस अन्दाज़ से देखा मुझको
मरते-मरते हुई जीने की तमन्ना मुझको

—'सालिक' लखनवी

नज़्अ़ का वक़्त है, बैठे रहिये
आप उट्ठे तो क्यामत होगी

—'सफ़ी' लखनवी

उनका वो नज़्अ़ में डरना, वो इशारे मेरे
तुम चले जाओ यहां से मेरा हाल अच्छा है

—मिर्जा 'हया'

दमे-आखिर[2] है, उलझन बढ़ रही है और उलझन पर
ये नाज़ुक वक़्त है तुम बाल बिखराए कहां पाए

—'रियाज़' खैराबादी

न खोली आंख वक़्ते-नज़्अ़ बीमारे - मुहब्बत ने
किसी का पर्दा रखना था कोई आंखों में पिन्हां[3] था

—'बयान' मेरठी

1. इलाज 2. अन्तिम श्वास 3. निहित

○ *लाश*

अरे ओ मुंह छुपा कर आने वाले मेरी मैयत[1] पर
तेरे क़दमों की लरिज़श[2] को सफ़े-मातम[3] ने पहचाना

—अज्ञात

या रब पड़ी रहे मेरी मैयत इसी तरह
बैठे रहें वो बाल परीशां किए हुए[4]

—'फ़ानी'

छेड़ देखो मेरी मैयत पर जो आए ये कहा
तुम वफ़ादारों में हो या मैं वफ़ादारों में हूं

—'अमीर' मीनाई

वो खड़े कहते हैं मेरी लाश पर
हम तो सुनते थे कि नींद आती नहीं

—'तप्रश्शुक'

○ *जनाजा*

जनाज़ा रोक कर मेरा वो इस अन्दाज़ से बोले
गली हमने कही थी तुम तो दुनिया छोड़े जाते हो

—'सफ़ी'

बस इतनी आर्यू है वादे-फ़ना[5] जनाज़ा
निकले मेरे मकां से ठहरे तेरी गला तक

—'नाज़ा'

---

1. लाश 2. लड़खड़ाहट 3. मातम करने वाले पंक्तिबद्ध व्यक्ति 4. केश बिखराए हुए 5. मृत्यु के बाद

मेरे खुदा मुझे थोड़ी सी ज़िन्दगी दे दे
उदास मेरे जनाज़े से जा रहा है कोई

—'क़मर

जाती हुई मैयत[1] देख के भी वल्लाह तुम उठकर आ न सके
दो चार क़दम तो दुश्मन भी तकलीफ़ गवारा करते हैं

—'क़मर' जलालाबादी

उनकी गली में जिस दम मेरा गया जनाज़ा
हसरत से देखते थे पर्दा उठा - उठाकर

—'ज़ाकिर' देहलवी

चल साथ कि हसरते-दिले-मरहूम[2] से निकले
आशिक़ का जनाज़ा है ज़रा धूम से निकले

—अज्ञात

○ *क़ब्र या मज़ार*

शुक्रिया ऐ क़ब्र तक पहुंचाने वाले शुक्रिया
अब अकेले ही चले जाएंगे इस मंज़िल से हम

—'चकबस्त'

क़ब्र में रख कर न ठहरा कोई दोस्त
मैं नये घर में अकेला रह गया

—'अनीस'

1. लाश, जनाज़ा 2. मृत हृदय की आकांक्षा

तुम गुल से[1] गाल क़ब्र पे रखते तो बात थी
क्या फ़ायदा जो फूलों का अम्बार कर दिया

—'ग़नी'

जमअ़ हुए हैं कुछ हसीं गिर्द मेरे मज़ार के
फूल कहां से खिल गए दिन तो न थे बहार के

—'आर्ज़ू' लखनवी

अदम[2] के तारीक[3] रस्ते में कोई मुसाफ़िर न राह भूले
मैं शम्य-हस्ती[4] बुझा के अपनो चिराग़े-तुर्बत[5] जला रहा हूं

—'बिस्मिल' सईदी

ख़ुदा ज़ाने ये कैसी रहगुज़र है किसकी, तुरबत है
वो जब गुजरे इधर से गिर पड़े दो फूल दामन से

—'रियाज़' ख़ैराबादी

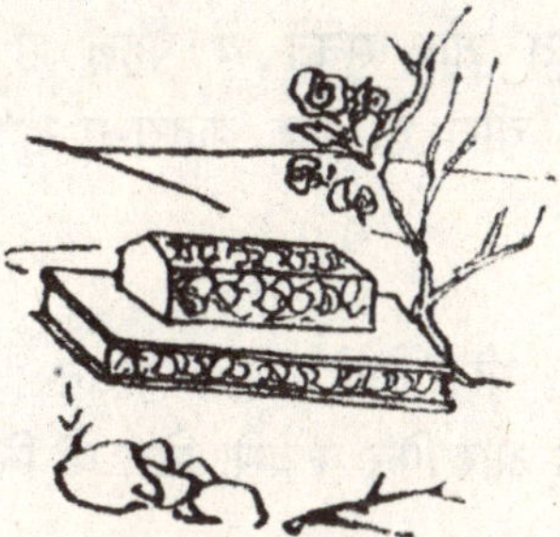

1. फूल से 2. मृत्यु 3. अंधेरे 4. जीवन-रूपी दीपक 5. मज़ार का दीपक

दिल

आह दुनिया दिल समझती है जिसे वो दिल नहीं
पहलु-ए-इन्सां में इक हंगामा-ए-खामोश[1] है

—'इक़बाल'

आया खयाले-हश्र[2] खुदा को अज़ल[3] में जब
पहलू में आदमी के वहीं दिल बना दिया

—'बिस्मिल' सईदी

बहुत शोर सुनते थे पहलू में दिल का
जो चीरा तो इक क़तरा-ए-खूं[4]न निकला

—'आतश'

आबादी भी देखी है, वीराने भी देखे हैं
जो उजड़े और फिर न बसे, दिल वो निराली बस्ती है।

—'फ़ानी' बदायूनी

---

1. मौन हंगामा 2. प्रलय का विचार 3. सृष्टिकाल 4. ख़ून की बूद

शाम ही से बुझा-सा रहता है
दिल है गोया चिराग़ मुफ़्लिस[1] का

—'मीर'

किसी के जौर-ओ-सितम[2] का तो इक बहाना था
हमारे दिल को बहर-हाल टूट जाना था

—नरेश कुमार 'शाद'

दिल अभी पूरी तरह टूटा नहीं
दोस्तों की मेहबानी चाहिए

—'अदम'

दिल वो नगर नहीं कि फिर आबाद हो सके
पछताओगे सुनो हो, ये बस्ती उजाड़ के

—'मीर'

अब ये जाना कि इसे कहते हैं आना दिल का
हम हंसी खेल समझते थे लगाना दिल का

—'अमीर'

दुनिया में फिर वो काम के क़ाबिल नहीं रहा
जिस दिल को तुम ने देख लिया दिल नहीं रहा

—'ज़ामिन'

---

1. निर्धन 2. अत्याचार

हमने पाला मुद्दतों पहलू में, हम कुछ भी नहीं
तुमने देखा इक नज़र और दिल तुम्हारा हो गया

—'आसी' रामनगरी

'इक दिल है और तूफ़ाने-हवादिस[1] ऐ 'जिगर'
एक शीशा है कि हर पत्थर से टकराता हूं मैं

—'जिगर'

दिल ही तो है न संग-ओ-ख़िश्त[2] दर्द से भर न आए क्यों
रोएंगे हम हज़ार बार कोई हमें सताए क्यों

—'ग़ालिब'

दुनिया ये दुखी है फिर भी मगर, थककर ही सही सो जाती है
तेरे ही मुक़द्दर में ऐ दिल क्यों चैन नहीं आराम नहीं

—'जिगर'

तुम ज़माने की राह से आए
वर्ना सीधा था रास्ता दिल का

—'बाक़ी' सिद्दीक़ी

दिल की बिसात[3] क्या थी निगाहे-जमाल[4] में
इक आईना था टूट गया देख-भाल में

—'सीमाब' अकबराबादी

---

1. दुर्घटनाओं का तूफ़ान (आधिक्य) 2. ईंट-पत्थर 3. महत्त्व 4. प्रेयसी की नज़र

दिल गया रौनके-हयात गई
ग़म गया सारी कायनात गई

—'जिगर'

कई बार इसका दामन भर दिया हुस्ने-दो-आलम[1] से
मगर दिल है कि इसकी ख़ाना-वीरानी[2] नहीं जाती

—फ़ैज़ अहमद 'फैज'

वो दिल कि तुझको नाज़ रहा जिस पे मुद्दतों
ऐ दोस्त तेरे नाज़ के क़ाबिल है आज भी

—जां निसार 'अख़्तर'

दिल नहीं मानता जहां जाऊं
हाय मैं क्या करूं, कहां जाऊं

—'नासिख़'

दिल की हालत का 'अदम' क्या ग़म करूं
दिल की हालत मुद्दतों से ठीक है

—'अदम'

बात बस से निकल चली है
दिल की हालत संभल चली है

—'फैज़'

1. दोनों लोकों का सौन्दर्य 2. घर का उजड़ापन

मुझे दिल की धड़कनों का नहीं एतिबार 'माहिर'
कभी हो गई हैं शिकवे, कभी बन गईं दुआएं

—'माहिर'-उल-कादरी

बेताबी-ए-दिल की क़ैफ़ियत[1] इस हाल तक अब आ पहुंची है
जिस हाल में हर मायूसी को अंजाम सहारा देता है

—'अदम'

दिले-नादां तुझे हुआ क्या है
आखिर इस दर्द की दवा क्या है

—'ग़ालिब'

दिल से खयाले-यार को टाले हुए तो हैं
हम जान देकर दिल को संभाले हुए तो हैं

—'फ़ानी'

अर्ज़े-नियाज़े-इश्क़[2] के क़ाबिल नहीं रहा
जिस दिल पे हमको नाज़ था वो दिल नहीं रहा

—'ग़ालिब'

दिल की बर्बादियों पे नाज़ा[3] हूं
फ़तह पाकर शिकस्त खाई है

—'शकील' बदायूनी

1. हालत 2. प्रेम की आकांक्षा की प्रार्थना 3. गर्वित

मेरे दिल को चैन आ जाने की ज़ामिन[1] मौत है
तुम किसी दिन नब्ज़े-दिल[2] पर हाथ रखकर देखना

—'फ़ानी' बदायूनी

दिल को महृ वे-ग़मे-दिलदार[3] किये बैठे हैं
रिन्द[4] बनते हैं मगर जह्र पिये बैठे हैं

—'मजाज'

दिल में ज़ौक़-वस्ल-ओ-यादे-यार[5] तक बाक़ी नहीं
आग इस घर को लगी ऐसी कि जो था जल गया

—'ग़ालिब'

वक़्फ़े-हिर्मान-ओ-यास[6] रहता
है दिल है अकसर उदास रहता है

—'फ़ैज़'

जिसने दिल को खोया उसी को कुछ मिला
फ़ायदा देखा इसी नुक़्सान में

—'दाग़'

दिल तो सबको तेरी सरकार से मिल जाते हैं
दर्द जब तक न मिले दिल नहीं होने पाते

—'फ़ानी'

1. गवाह 2. दिल की नाड़ी 3. प्रेयसी के ग़म में निमग्न 4. मद्यप 5. मिलन की इच्छा तथा प्रेयसी की याद 6. दुःख एवं निराशा को समर्पण

इश्क़ की चोट का कुछ दिल पे असर हो तो सही
दर्द, कम हो कि ज़्यादा, मगर हो तो सही

—'जलाल'

○ **बेताबी-ए-दिल**

दिल की बेताबी से है बेताब सारी कायनात
मेरे अफ़साने से पैदा है हर अफ़साने का नाम

—सईदा 'अख़्तर'

तुझ को पाकर भी न कम हो सकी बेताबी-ए-दिल
इतना आसान तेरे इश्क़ का ग़म था भी कहां

—'फ़िराक़'

ले गया छीन के कौन तेरा सब्रो-क़रार
बेक़रारी तुझे ऐ दिल कभी ऐसी तो न थी

—'ज़फ़र' बहादुरशाह

शायद कि इधर आके कोई लौट गया है
बेताबी से यूं मुंह को कलेजा नहीं आता

—'निज़ाम' रामपुरी

कल जहां से कि उठा लाए थे एहबाब[1] मुझे
ले चला आज वहीं फिर दिले-बेताब मुझे

—'ज़ौक़'

1. मित्र

रश्क-ओ-रक़ाबत

[ईर्ष्या तथा प्रतिद्वन्द्विता]

○ **रक़ीब या गैर**

ग़ैर के घर में वो मेहमान बड़ी मुश्किल है
जान जाने का है सामान बड़ी मुश्किल है

—शबीर हसन 'नसीम' भरतपुरी

सच है तुम्हें किसी से न मतलब, न कुछ ग़रज़
दिन-रात घर में ग़ैर के मेहमां हमीं तो हैं

—'तस्लीम' लखनवी

कहते हो कि हम दर्द किसी का नहीं सुनते
मैंने तो रक़ीबों से सुना और ही कुछ है

—'अमीर' मीनाई

जां न खा, वस्ले-अदू[1] सच ही सही पर क्या करूं
जब गिला करता हूं हमदम वो क़सम खा जाए है।

—'मोमिन'

---

1. प्रेयसी का प्रतिद्वन्द्वी से मिलन

वो हज़ार दुश्मने-जां[1] सही, मुझे ग़ैर फिर भी अज़ीज़ है
जिसे खाके-पा[2] तेरी छू गई, वो बुरा भी हो तो बुरा नहीं

—'जिगर' मुरादाबादी

सामने उसके न कहते, मगर अब कहते हैं
लज़्ज़ते-इश्क[3] गई ग़ैर के मर जाने से

—अज्ञात

चलो अच्छा हुआ अपनों में कोई ग़ैर तो निकला
अगर होते सभी अपने तो बेगाने कहां जाते

—'शकील' बदायूनी

○ *रश्क (ईर्ष्या)*

इलाही क्यों नहीं आती क़यामत माजरा क्या है
हमारे सामने पहलू में वो ग़ैरों के बैठे हैं

—'दाग़'

क्यामत है, कि होवे मुद्दई[4] का हम-सफ़र 'ग़ालिब'
वो काफ़िर जो खुदा को भी न सौंपा जाए है मुझसे

—'ग़ालिब'

छोड़ा न रश्क ने कि तेरे घर का नाम लूं
हर इक से पूछता हूं कि जाऊं किधर को मैं

—'गालिब'

1. जान का दुश्मन 2. पांव की धूल 3. प्रेम का आनन्द 4. दावा करने वाला (प्रतिद्वन्द्वी)

विसाल-ओ-हिज्र

[मिलन-वियोग]

○ *उमीदे-विसाल*

यास[1] की बस्ती में इक छोटी-सी उमीदे-विसाल
अजनबी की तरह से फिरती है घबराई हुई

—'हफ़ीज़' जालन्धरी

ये आर्ज़ू भी बहुत चीज़ है मगर हमदम
विसाले-यार फ़क़त[2] आर्ज़ू की बात नहीं

—-फ़ैज़ अहमद फ़ैज़'

आधी से ज़ियादा शबे-ग़म[3] काट चुका हूं
अब भी अगर आ जाओ तो ये रात बड़ी है

—'साक़िब' लखनवी

○ ***हसरते-वस्ल***

ये न थी हमारी क़िस्मत के विसाले-यार होता
अगर और जीते रहते यही इन्तिज़ार होता

—'ग़ालिब'

---

1. निराशा 2. केवल. 3. ग़म या जुदाई की रात

तुम कहां, वस्ल कहां, वस्ल के अरमान कहां
दिल के बहलाने को इक बात बना रक्खी है

—आग़ा शायर

कहां हम, कहां वस्ले-जानां[1] की हसरत
बहुत है उन्हें इक नज़र देख लेना

—'हसरत' मोहानी

वस्ल उसका खुदा नसीब करे
'मीर' जी चाहता है क्या-क्या कुछ

—'मीर'

○ वस्ल

वस्ल का दिन और इतना मुख़्तसर
दिन गिने जाते थे, इसी दिन के लिए

—'अमीर'

थी वस्ल में भी फ़िक्र जुदाई की
वो पाए तो भी नींद न आई तमाम शब[2]

—'मोमिन'

विसाले-दाइमी[3] क्या है शबे-फ़ुर्क़त[4] में मर जाना
क़ज़ा[5] क्या है, दिली जज़्बात का हद से गुज़र जाना

—'अज़ीज़' लखनवी

1. प्रेयसी का मिलन 2. रात 3. स्थायी मिलन 4. जुदाई की रात 5. मृत्यु

वस्ल का ख्वाब कुजा[1] लज़्ज़ते-दीदार[2] कुजा
है ग़नीमत जो तेरा दर्द भी हासिल हो जाए

—'एहसान' दानिश

ख़ुश होते हैं पर वस्ल में यूं मर नहीं जाते
आई शबे-हिज्रों[3] की तमन्ना मेरे आगे

—'ग़ालिब'

वस्ल में रंग उड़ गया मेरा
क्या जुदाई को मुंह दिखाऊंगा

—'मीर'

○ *शबे-वस्ल (मिलन की रात)*

यही है मुख्तसर हाले-शबे-वस्ल
ख़ुदा ने दिन बढ़ाया रात कम की

—'दाग'

दी मुअज्जिन[4] ने शबे-वस्ल अज़ां[5] पिछले पहर
हाय कमबख़्त को किस वक़्त खुदा याद आया

—'दाग़'

न अजां हो, न सहर[6] हो, न गजर हो
शबे-वस्ल क्या मज़ा हो जो किसी को न जगाए कोई

—'अहसन' मारहरवी

---

1. अलग 2. दर्शनों का आनन्द 3. बिछोह की रात 4. बांग देने वाला 5. बांग 6. सुबह

वस्ल की रात न जाने क्यों इसरार था उनको जाने पर
वक़्त से पहले डूब गए, तारों ने बड़ी दानाई की

—'क़तील' शिफ़ाई

शबे-विसाल के बाद आईना तो देख ज़रा
तेरे जमाल[1] की दोशोज़गी[2] निखर आई

—'फ़िराक़'

○ *शबे-हिज्र (वियोग की रात)*

हिज्र की रात काटने वाले
क्या करेगा अगर सहर[3] न हुई

—'अज़ीज़' लखनवी

फ़ुर्क़त[4] की रात रोज़-क़्यामत[5] से कम
नहीं ऐ दोस्त बार-बार खुदा याद आ गया

—'अजमत' अब्दुल क्यूम

जिन्दगी किस तरह कटेगी 'सैफ़'
रात कटती नज़र नहीं आती

—सैफ़ुद्दीन 'सैफ़'

ऐ अजल[6] एक दिन आख़िर तुझे आना है वले[7]
आज आती शबे-फ़ुर्क़त में तो एहसां होता

—'नासख'

---

1. सौन्दर्य 2. कुंआरापन 3. सुबह 4. जुदाई 5. प्रलय-दिवस 6. मृत्यु 7. लेकिन

मुझ में और शम्अ़ में होती थीं ये बातें शब भर
आज की रात बचेंगे तो सहर[1] देखेंगे

—'मीर' फ़साहत

आज आंखों में काट दे शबे-हिज्र
जिन्दगानी पड़ी है सो लेना

—'फ़िराक़'

ऐ हुस्न हमको हिज्र की रातों का ख़ौफ़ क्या
तेरा ख़याल जागेगा, सोया करेंगे हम

—'जज़्बी'

थी यूं तो शामे-हिज्र[2] मगर पिछली रात को
वो दर्द उठा 'फ़िराक़' कि मैं मुस्करा दिया

—'फ़िराक़'

तेरे फ़िराक़[3] की रातें कभी न भूलेंगी
मजे मिले इन्हीं रातों में उम्र भर के लिए

—'नासिर' क़ाज़मी

बहुत दिनों में मुहब्बत को हो सका मालूम
जो तेरे हिज्र में गुज़री वो रात, रात हुई

—'फ़िराक़'

1. सुबह 2. जुदाई की शाम या रात 3. जुदाई

और कुछ देर न गुज़रे शबे-फ़ुर्क़त से कहो
दिल भी कम दुखता है वो याद भी कम आते हैं

—फ़ैज़ अहमद 'फ़ैज़'

मालूम थीं मुझे तेरी मजबूरियां मगर
तेरे बग़ैर नींद न आई तमाम रात

—'माइल' नक़बी

दिल नाउमीद तो नहीं, नाकाम ही तो है
लम्बी है ग़म की शाम, मगर शाम ही तो है

—'फ़ैज़'

○ *हिज्र (वियोग)*

कुछ समझ, क्या था, जो बरसों हिज्र में तड़पा किये
नाम ले के तेरा मर जाना तो कुछ मुश्किल न था

—'नासरी'

खफ़ा न हो तो ये पूछूं कि तेरी जान से दूर
जो तेरे हिज्र में जीता है मर भी सकता है

—'फ़ानी'

क्या सुनाते हो कि है हिज्र में जीना मुश्किल
तुम से बेरहम पे मरने से तो आसां होगा

—'मोमिन' 114

मेरी ज़िन्दगी तो गुज़री तेरे हिज्र के सहारे
मेरी मौत को भी प्यारे कोई चाहिए बहाना

—'जिगर' मुरादाबादी

दिन-रात की ये बेचैनी है, ये पाठ पहर का रोना है
आसार[1] बुरे हैं फ़ुर्क़त[2] में मालूम नहीं क्या होना है

—'अकबर' इलाहाबादी

न मरते हैं, न नींद आती है, न वो सूरत बिसरती है
ये जीते-जागते हम पर क्यामत सब गुजरती है

—'मीर' दर्द

हम ने मर कर हिज्र में पाई शिफ़ा[3]
ऐसे अच्छे का वो मातम क्या करें

—'दाग़'

तेरे फ़िराक़[4] के ग़मने बचा लिया सबसे
मेरे क़रीब कोई अब बला नहीं आती

—'जिगर' मुरादाबादी

कमज़ोर जान के भी तुझे ऐ ग़मे-फ़िराक़
दिल ने लिया है तेरा सहारा कभी-कभी

—जगन्नाथ 'आज़ाद'

---

1. लक्षण 2. जुदाई 3. स्वास्थ्य 4. वियोग

मेरी हालत तेरी फ़ुर्क़त में संभल जाएगी
क्या ये दुनिया है कि दो दिन में बदल जाएगी

—'जोश' मलीहाबादी

वक़्त तो दो ही कठिन गुजरे हैं सारी उम्र में
इक तेरे आने से पहले इक तेरे जाने के बाद

—अज्ञात

○ *तन्हाई*

मैं हूं, दिल है, तन्हाई है
तुम भी जो होते अच्छा होता

—'फ़िराक़'

बेखबर अंजुमने-नाज़[1] में सोने वाले
रात भर तुझको पुकारा मेरी तन्हाई ने

—'आसी' उल्दनी

तन्हाई-ए-फ़िराक़[2] का आलम[3] न पूछिये
गोया किसी के सोग में आलम खमोश है

—'सागर' अलीगढ़ी

---

1. अभिमानों की महफिल 2. जुदाई की तन्हाई 3. हालत 4. संसार

याद

हम में ही थी न कोई बात याद न तुम को आ सके
तुम ने हमें भुला दिया हम न तुम्हें भुला सके

—'हफ़ीज़' जालन्धरी

दुनिया के सितम[1] याद न अपनी ही वफ़ा याद
अब मुझको नहीं कुछ भी मुहब्बत के सिवा याद

—'जिगर' मुरादाबादी

आंखों में छुपाए फिर रहा हूं
यादों के बुझे हुए सवेरे

—'नासिर' काज़मी

गुज़रे हुए ज़माने का अब तिज़्करा[2] ही क्या
अच्छा गुज़र गया बहुत अच्छा गुज़र गया

—'हफ़ीज़' जालंधरी

1. अत्याचार 2. चर्चा

उजाले अपनी यादों के हमारे साथ रहने दो
न जाने किस गली में ज़िन्दगी की शाम हो जाए

—बशीर बद्र

शाम भी थी धुआं-धुआं हुस्न भी था उदास-उदास
दिल को कई कहानियां याद-सी आ के रह गई

—'फ़िराक़'

आया ही था ख़याल कि आंखें छलक पड़ी
आंसू किसी की याद से कितने क़रीब थे

—'अंजुम'

उनकी याद, उनकी तमन्ना, उनका ग़म
कट रही है जिन्दगी आराम से

—'शकील' बदायूनी

तुम्हारी याद के जब ज़ख्म भरने लगते हैं
किसी बहाने तुम्हें याद करने लगते हैं

—फ़ैज़ अहमद 'फ़ैज़'

ग़रज़ कि काट दिये ज़िन्दगी के दिन ऐ दोस्त
वो तेरी याद में हों, या तुझे भुलाने में

—'फ़िराक़'

नहीं आती तो उनकी याद बरसों तक नहीं आती
मगर जब याद आते हैं तो अकसर याद आते हैं

—'हसरत' मोहानी

तुम आ गए जब याद तो कुछ भी न रहा याद
कब तुमने भुलाया मुझे कब तुमने किया याद

—जगन्नाथ 'आज़ाद'

कर रहा था ग़मे-जहां का[1] हिसाब
आज तुम याद बेहिसाब पाए

—फ़ैज़ अहमद 'फ़ैज़'

जिसको तुम भूल गए याद करे कौन उसको
जिसको तुम याद हो वो और किसे याद करे

—'जोश' मलीहाबादी

तन्हाई के खयाल से मंज़िल पे जा के मैं
बस लौट ही रहा था कि तुम याद आ गए

—'शहज़ाद' हाशम

कुछ वक़्त कट गया जो तेरी याद के बग़ैर
हम पर तमाम उम्र वो लम्हे[2] गिरां[3] रहे

—'सीमाब' अकबराबादी

1. सांसारिक दुःखों का 2. क्षण 3. बोझिल

याद इक ज़ख़्म बन गई है वर्ना
भूल जाने का कुछ ख़याल तो था

—'अदम'

दाग़े-ग़म[1] दिल से किसी तरह मिटाया न गया
मैंने चाहा भी मगर तुमको भुलाया न गया

—'जज़्बी'

ख़याले-यार भी खोया हुआ सा रहता है
अब उनकी याद भी आती है भूल जाने को

—'फ़ानी'

दिल से ख़याले-यार को टाले हुए तो हैं
हम जान दे के दिल को संभाले हुए तो हैं।

—'फ़ानी'

फिर ये कैसी कसक सी है दिल में
तुझ को मुद्दत हुई कि भूल चुका

—'फ़िराक़'

रंज-ग़म, दर्द-अलम,[2] यास,[3] तमन्ना, हसरत
इक तेरी याद के होने से है क्या-क्या दिल में

—'जोश' मल्सियानी

---

1. ग़म के दाग़ 2. दुःख 3. निराशा

हो गई दिल को तेरी याद से इक निस्बते-खास[1]
अब तो शायद ही मुयस्सर कभी तन्हाई हो

—'जिगर' मुरादाबादी

याद उसकी इतनी खूब नहीं 'मीर' बाज़ आ
नादान फिर वो जी से भुलाया न जाएगा

—'मीर'

मैं आज सिर्फ़ मुहब्बत के ग़म करूंगा याद
ये और बात है कि तेरी याद आ जाए

—'फ़िराक़'

यादों के गिरेबानों के रफ़ू पर दिल की गुज़र कब होती है
इक बख़िया उधेड़ा एक सिया यूं उम्र बसर कब होती है

—'फ़ैज'

वाबस्ता[2] मेरी याद से कुछ तल्खियां[3] भी हैं
अच्छा किया जो मुझको फ़रामोश कर दिया[4]

—मीम-हसन लतीफ़ी

एक मुद्दत से तेरी याद भी आई न हमें
और हम भूल गए हों तुझे ऐसा भी नहीं

—'फ़िराक़'

1. विशेष सम्बन्ध 2. सम्बन्धित 3. कटुताएं 4. भुला दिया

तसव्वुर-तस्वीर (कल्पना एवं चित्र)

○ *तसव्वुर*

जी ढूंडता है फिर वही फ़ुर्सत कि रात दिन
बैठे रहें तसव्वुरे - जानां[1] किये हुए

—'ग़ालिब'

फिर नज़र में फूल लहके, दिल में फिर शम्ने जलीं
फिर तसव्वुर ने लिया उस बज्म[2] में जाने का नाम

—फ़ैज़ अहमद फ़ैज़'

रात भर उनका तसव्वुर दिल को तड़पाता रहा
एक नक्शा सामने आता रहा जाता रहा

—'अख्तर' शीरानी

रात भर दीदा-ए-नमनाक[3] में लहराते रहे
सांस की तरह से आप आते रहे, जाते रहे

—'मख्दूम'

---

1. प्रेयसी की कल्पना 2. महफ़िल 3. सजल नेत्र

○ *तस्वीर*

दिल के आईने में है तस्वीरे यार
जब ज़रा गर्दन झुकाई देख ली

-अज्ञात

कुछ तेरा हुस्न भी है सादा-ओ-मासूम बहुत
कुछ मेरा प्यार भी शामिल तेरी तस्वीर में है

—'नूर' बिजनौरी

आह याद आती हैं रह-रह के पुरानी सोहबत[1]
है क़्यामत सामने रहना तेरी तस्वीर का

—'अंदलीब' शादानी

आपने तस्वीर भेजी, मैंने देखी ग़ौर से
हर अदा अच्छी, ख़मोशी की अदा अच्छी नहीं

—'जलील' मानिकपुरी

भेज दी तस्वीर अपनी उनको ये लिखकर 'शकील'
आपकी मर्ज़ी है चाहे जिस नज़र से देखिये

—'शकील' बदायूनी

1. संगतियां

दुआ, असर

मुझे ज़िन्दगी की दुआ देने वाले
हंसी आ रही है तेरी सादगी पर

—गोपाल मित्तल

मुसीबत और लम्बी ज़िन्दगानी
बुज़ुर्गों की दुआ ने मार डाला

—'मुज्तिर' ख़ैराबादी

मेरे नसीब से तरसा किये दोनों
असर दुआ के लिए दुआ असर के लिए

—तबस्सुम, अहमदी बेगम

बाक़ी मेरे हिस्से की अब दो ही ये बातें हैं
जीने की दुआ देना मरने की दुआ करना

—'जोश'

मांगा करेंगे अब से दुआ हिज्रे-यार की[1]
आखिर तो दुश्मनी है दुआ को असर के साथ

—'मोमिन'

अकसर उबल पड़ी है मेरी ओक से शराब
यूं भी दुआ को हाथ उठाता रहा हूं मैं

—'क़तील' शिफ़ाई

सब कुछ ख़ुदा से मांग लिया तुझ को मांग कर
उठते नहीं हैं हाथ मेरे इस दुआ के बाद

—'आग़ा हश्र काश्मीरी

उनकी नाकामी[2] को या मैं जानता हूं या ख़ुदा
वो दुआ-ए-वस्ल[3] जो मैंने हज़ारों बार की

—'दाग़'

होती नहीं क़ुबूल दुआ तर्के-इश्क़[4] की
दिल चाहता न हो तो ज़बां में असर कहां

—'हाली'

दुआएं दे मेरे बाद आने वाले मेरी वहशत[5] को
बहुत कांटे निकल आए मेरे हमराह मंज़िल से

—'साक़िब'

1. प्रेयसी के बिछोह की 2. असफलता 3. (प्रेयसी से) मिलन की प्रार्थना 4. प्रेम का त्याग
5. उन्माद

मौत मांगी थी ख़ुदाई तो नहीं मांगी थी
ले दुआ कर चुके अब तर्के-दुआ[1] करते हैं

—यास यगाना चंगेज़ी

जान तुम पर निसार करता हूं
मैं नहीं जानता दुआ क्या है

—'ग़ालिब'

मर्ज़ी-ए-यार[2] के खिलाफ़ न हो
लोग मेरे लिए दुआ न करें

—'हसरत' मोहानी

रह गया है ले देकर आसरा दुआओं का
वो भी टूट जाए गर, आदमी कहां जाए

—जमील मज़हरी

○ *ग़म*

ख़ुदा की देन है जिसको नसीब हो जाए
हर एक दिल को ग़मे-जाविदां[3] नहीं मिलता

—'असर' सहबाई

मेरी ज़िन्दगी पे न मुस्करा, मुझे ज़िन्दगी का अलम[4] नहीं
जिस तेरे ग़म से हो वास्ता, वो ख़िज़ां[5] बहार से कम नहीं

—'शकील' बदायूनी

1. प्रार्थना का त्याग 2. मित्र या प्रेयसी की इच्छा 3. स्थायी ग़म 4. ग़म 5. पतझड़

ग़म मौजूद है, आंसू भी हैं—खा तो रहा हूं, पी तो रहा हूं
जीना और किसे कहते हैं—अच्छा-खासा जी तो रहा हूं

—'हफ़ीज़' जालन्धरी

जिये जाने की तुह मत[1] किस से उठती किस तरह उठती
तेरे ग़म ने बचाई ज़िन्दगी की आबरू बरसों

—'फ़ानी' बदायूनी

आतिशे-ग़म[2] के सैले-रवां[3] से नींदें जल-जल राख हुईं
पत्थर बनके देख रहा हूं, आती-जाती रातों को

—'नासिर' क़ाज़मी

इक ज़माने को रखा तेरे तअल्लुक़ से[4] अज़ीज़[5]
सिलसिला ग़म का बहुत दूर तलक[6] जाता है

—'शाहिद' अश्क़ी

यूं तो अश्कों से[7] भी होता है अलम[8] का इज़हार[9]
हाय वो ग़म जो तबस्सुम से[10] अयां[11] होता है

—'मक़बूल 'नक़्श'

सहर[12] के वक़्त ख़ुशी के हसीन धोकों को
ग़मों का ज़ह्र पिलाओ तो बात बन जाए

—नक़ी अली ख़ां 'साक़िब'

1. आरोप 2. ग़मरूपी आग 3. बाढ़ 4. सम्बन्ध के कारण 5. प्रिय 6. तक 7. आंसुओ से 8. ग़म, दुःख 6. प्रकटन 10. मुसकराहट से 11. प्रकट 12. सुबह

ज़िन्दगी के ग़मों को अपनाकर
हमने दरअस्ल तुझको अपनाया।

—नरेशकुमार 'शाद'

○ *आह*

हम आह भी करते हैं तो हो जाते हैं बदनाम
वो क़त्ल भी करते हैं तो चर्चा नहीं होता

—'अकबर' इलाहाबादी

आह को चाहिए इक उम्र असर होने तक
कौन जीता है तेरी ज़ुल्फ़ के सर[1] होने तक

—'ग़ालिब'

इधर से भी है सिवा उधर की मजबूरी
कि हमने आह तो की उनसे आह भी न हुई

—'जिगर' मुरादाबादी

पाता ही नहीं राह किस दिल में इलाही
मैं किस दिले-नाकाम की आहों का असर हूं

—मीर हसन देहल्वी

क्या जानिये ये आह है कि क्या है
कुछ आग सी आई है ज़बां पर

—मीर शबीर अली 'अफ़सोस'

1. केशों की विजय (प्रेयसी की प्राप्ति)

○ अश्क या आंसू

थमते-थमते थमेंगे आंसू
रोना है कुछ हंसी नहीं है

—'फ़ानी' बदायूनी

इन्हें आंसू समझ कर यूं न मिट्टी में मिला ज़ालिम
प्यामे-दर्दे-दिल[1] है और आंखों की ज़बानी है

—'जिगर' मुरादाबादी

हम तो 'हज़ीं' ये समझे हैं दामन जो भिगो दे पानी है
आंसू तो वही इक क़तरा है, पलकों पे जो तड़पे बह न सके

—'हज़ीं'

कहते हैं आंसुओं से बुझाएंगे हम तुझे
यह दिल्लगी भी करते हैं दिल की लगी से हम

—'दाग़'

जो आग लगाई थी तुमने उसको तो बुझाया अश्कों ने
जो अश्कों ने भड़काई है उस भाग को ठण्डा कौन करे

—'जज़्बी'

अपनी ख़ुशी में मेरे भी ग़म को निबाह लो
इतना हंसो कि आंख से आंसू निकल पड़ें

—अज्ञात

1. दिल के दर्द का संदेश

आज आंसू तूने पोंछे भो तो क्या
ये तो अपना उम्र भर का काम है

—'जलील' मानिकपुरी

हज़ार ज़ब्त किया फिर भी आ गए आंसू
अगर किसी ने कहा हमसे मुस्कराने को

—फ़िरोज़ जहां 'अलमास'

मेरी आंखें भी हैं वीरां मेरा दिल भी खाली
चन्द आंसू भी नहीं ख़ुद पे बहाने के लिए

—'मख़्मूर' सईदी

शक न कर मेरी ख़ुश्क आंखों पर
यूं भी आंसू बहाए जाते हैं

—'साग़र' निज़ामी

तुम इसे शिकवा समझ कर किसलिए घबरा गए
बाद मुद्दत के जो देखा था तो आंसू आ गए

—'अनवर' साबरी

थक गई है ज़बां तो चुप होकर
काम में आंसुओं को लाए हैं

—'मख़्मूर' क़ादिरी

मेरो आंखों में आंसू तुझ से हमदम[1] क्या कहूं क्या है
ठहर जाए तो अंगारा है बह जाए तो दरिया है

—'फ़ानी' बदायूनी

दुनिया का एतिबार करें भी तो क्या करें
आंसू तो अपनी आंख का अपना हुआ नहीं

—मुअज़्ज़ज़ हुसैन 'अदीब'

दर्द सीने में ज़रा जागा तो आंखें खुल गईं
दिल में कुछ चोटें उभर आईं तो आंसू आ गए

—'शायर' अमरोहवी

मुद्दत के बाद उसने जो की लुत्फ़[2] की निगाह
जी ख़ुश तो हो गया मगर आंसू निकल पड़े

—'कैफ़ी' आज़मी

आज़े-उल्फ़त[3] छिड़ रहा है आंसुओं के साज़ पर
मुस्कराए हम तो उनको बदगुमानी हो गई

—'शकील' बदायूनी

ख़ुद अपनी बेकसी को उड़ाई है यूं हंसी
आए जो अश्क आंख में हम मुस्करा दिए

—'मौज'

---

1. साथी 2. प्रेम 3. प्रेम-रूपी साज़ (बाजा)

कुछ हसीं ख़्वाब और कुछ आंसू
उम्र भर की यही कमाई है

—'मज़हर' इमाम

जब किसी आंख से गिरा आंसू
अपनी आंखों पे ले लिया हमने

—नरेशकुमार 'शाद'

रोक ले ऐ ज़ब्त जो आंसू कि चश्मे-तर[1] में है
कुछ नहीं बिगड़ा है अब तक घर की दौलत घर में है

—'अहसन' मारहरवी

○ *रोना*

सबब हर एक मुझसे पूछता है मेरे रोने का
इलाही सारी दुनिया को मैं कैसे राज़दां[2] कर लूं

—'ताजबर' नजीबाबादी

रोने के भी आदाब हुआ करते हैं 'फ़ानी'
ये उनकी गली है तेरा ग़मख़ाना[3] नहीं

—'फ़ानी'

इक हूक सी दिल में उठती है इक दर्द जिगर में होता है
मैं रात को उठकर रोता हूं जब सारा आलम[4] सोता है

—ज़ियाउद्दीन 'ज़या'

---

1. सजल नेत्र 2. भेदी 3. ग़म का घर 4. संसार

शम्अ़, परवाना

ऐ शम्अ़ ! सुबह होती है रोती है किसलिए
थोड़ी सी रह गई है इसे भी गुज़ार दे

—हकीम आग़ा जान 'ऐश'

पिघल कर दिल लहू हो-हो के बह जाता है आंखों से
सितम[1] है शम्अ़ को जो जीनते-महफ़िल[2] समझते हैं

—'असर' सहबाई

शम्अ़ भी कम नहीं कुछ इश्क़ में परवाने से
जान देता है अगर वो तो ये सर देती है

—'ज़ौक़'

कुछ न देखा फिर बजुज़[3] यक शो'ला-ए-पुर पेच-ओ-ताब[4]
शम्अ़ तक तो हमने भी देखा कि परवाना गया

—'मीर'

1. अत्याचार 2. महफ़िल की शोभा 3. इसके अतिरिक्त 4. बल खाता हुआ शो'ला (लपट)

मय, मयख़ाना

[मदिरा, मधुशाला]

○ *मय या शराब*

मय से ग़रज़ निशात[1] है किस रू-सियाह को[2]
इक-गूना[3] बेख़ुदी[4] मुझे दिन-रात चाहिए

—'ग़ालिब'

ऐ मुन्तिला-ए-ज़ीस्त[5] ठहर ख़ुदकशी न कर
तेरा इलाज ज़ह नहीं है, शराब है

—'हफ़ीज़' जालन्धरी

'ग़ालिब' छुटी शराब पर अब भी कभी-कभी
पीता हूं रोज़े - अब्र - ओ - शबे - माहताब[6] में

—'ग़ालिब'

---

1. आनन्द 2. काले मुंह वाले (अभागे) को 3. एक ही प्रकार की 4. आत्मविसर्जन 5. जीवन-ग्रस्त 6. जिस दिन बादल छाए हों या जब चांदनी रात हो

फ़िर्दौस की तहूर[1] भी आख़िर शराब है
मुझको न ले चलो मेरी नीयत ख़राब है

—'हफ़ीज़' जालन्धरी

क़र्ज़ की पीते थे मय और समझते थे कि हां
रंग लाएगी हमारी फ़ाक़ामस्ती एक दिन

—'ग़ालिब'

सच कहा था तू ने ज़ाहिद[2] ज़ह्र-क़ातिल[3] है शराब
हम भी कहते थे यही जब तक बहार आई न थी

—'जलील' मानिकपुरी

ऐ 'ज़ौक़' देख दुख़्तरे-रिज़[4] को न मुंह लगा
छुटती नहीं है मुंह से, ये काफ़िर लगी हुई

—'ज़ौक़'

○ *मयख़ाना या मयकदा (मधुशाला)*

मैं मयकदे की राह से होकर निकल गया
वर्ना सफ़र ह्यात[5] का काफ़ी तवील[6] था

—'अदम'

निकल कर दैर-ओ-का'बा[7] से अगर मिलता न मयख़ाना
तो ठुकराए हुए इन्सां ख़ुदा जाने कहां जाते

—'क़तील' शिफ़ाई

1. जन्नत में मिलने वाली शराब 2. बिरक्त 3. जानलेवा विष 4. अंगूर की बेटी (शराब) 5. जीवन 6. लम्बा 7. मन्दिर-मस्जिद

मैंने पूछा था कि है मंज़िले-मक़सूद[1] कहां
ख़िज़्र[2] ने राह बताई मुझे मयख़ाने की

—'जलील' मानिकपुरी

मस्जिद में बुलाते हैं हमें ज़ाहिदे-नाफ़ह्‌म[3]
होता कुछ अगर होश तो मयख़ाने न जाते

—'अमीर'

जन्नत से कम सही मगर अच्छा था मयकदा
जब तक वहां रहे ग़मे-फ़र्दा[4] तो कुछ न था

—'रियाज़' ख़ैराबादी

आए थे हंसते खेलते मयख़ाने में 'फ़िराक़'
जब पी चुके शराब तो संजीदा हो गए

—'फ़िराक़'

जब मयकदा छुटा तो फिर अब क्या जगह की क़ैद
मस्जिद हो, मदरिसा हो, कोई ख़ानाक़ाह हो

—'ग़ालिब'

ये सुन के हमने मयख़ाने में अपना नाम लिखवाया
जो मयकश[5] लड़खड़ाता है वो बाज़ू थाम लेते हैं

—'जोश' मलीहाबादी

---

1. अन्तिम मंज़िल 2. एक दीर्घायु पैग़म्बर (पथ-प्रदर्शक) 3. नासमझ विरक्त 4. कल या भविष्य की चिन्ता 5. मद्यप

पहले शराब ज़ीस्त[1] थी अब ज़ीस्त है शराब
कोई पिला रहा है पिये जा रहा हूं मैं

—'जिगर'

○ *मीना व जाम (सुराही व प्याला)*

गो हाथ को जुंबिश नहीं[2] आंखों में तो दम है
रहने दे अभी साग़र-ओ-मीना मेरे आगे

—'ग़ालिब'

वो सामने धरी है सुराही भरी हुई
दोनों जहान आज हैं मेरे अिख़्तयार में

—'हफ़ीज़' जालन्धरी

ख़ुद गिरे लेकिन छलकने दी न मय
अपने सर ले ली बलाएं जाम की

—'ओज'

जब भी आता है जाम हाथों में
सैकड़ों नाम याद आते हैं

—'अदम'

ये बज़्मे-मय[3] है यां कोताहदस्ती[4] में है महरूमी[5]
जो बढ़कर ख़ुद उठा ले हाथ में मोना उसी का है

—'शाद' अज़ीमाबादी

1. जीवन 2. हिलने की शक्ति नहीं 3. शराब की महफ़िल' 4. हाथ हटाए रखना (संकोच) 5. बंचितता

○ *साक़ी*

पिला दे ओक से साक़ी जो मुझसे नफ़रत है
प्याला गर नहीं देता न दे शराब तो दे

—'ग़ालिब'

लड़खड़ा के जो गिरा पांव पे साक़ी के गिरा
अपनी मस्ती के तसद्दुक़[1] ये मुझे होश रहा

—'शाद' अज़ीमाबादी

साक़िया तश्नगी[2] की ताब[3] नहीं
ज़ह्र दे दे अगर शराब नहीं

—'दाग़'

अलग बैठे थे फिर भी आंख साक़ी की पड़ी हम पर
अगर है तश्नगी कामिल[4] तो पैमाने भी आएंगे

—'मजरूह' सुल्तानपुरी

ग़रूरे-मयकशी[5] की कौन-सी मंज़िल है ये साक़ी
ख़नक साग़र की आवाज़े-ख़ुदा मालूम होती है

—'अदम'

साक़ी हमारे जाम में क्यों बाल पड़ गया
ऐसा न हो कि ग़ैर की जूठी शराब हो

—'दाग़'

---

1. बलिहारी 2. पिपासा 3. सहनशक्ति 4. पूर्ण 5. मदिरापान का अभिमान

मय भी है, मीना[1] भी है, साग़र भी है, साक़ी नहीं
जी में आता है लगा दें आग मयख़ाने को हम

—'नज़ीर' अकबराबादी

साक़ीगरी की शर्म करो आज वर्ना हम
हर शब पिछा ही करते हैं मय जिस क़दर मिले

—'ग़ालिब'

साक़ी मेरे ख़ुलूस[2] की शिद्दत तो देखना
फिर आ गया हूं गर्दिश-दौरां[3] को टालकर

—'अदम'

एक साग़र भी इनायत न हुआ याद रहे
साक़िया जाते हैं महफ़िल तेरी आबाद रहे

—'चकबस्त'

नशा पिला के गिराना तो सबको आता है
मज़ा तो जब है कि गिरतों को थाम ले साक़ी

—'अदम'

○ *नशा*

या हाथोंहाथ लो मुझे मानिन्दे-जामे-मय[4]
या थोड़ी दूर साथ चलो मैं नशे में हूं

—'मीर'

1. सुराधानी 2. लगाव 3. कालचक्र 4. शराब के प्याले की तरह

आदत सी है, नशा है न अब कैफ़[1]
पानी न पिया, शराब पी ली है

—'रियाज़' ख़ैराबादी

आज पी हो तो, साक़ी, हराम शै पी हो
ये शब की पी हुई मय का ख़ुमार बाक़ी है

—अज्ञात

○ *रिन्दी व मस्ती*

मेरी निगाह में वो रिन्द ही नहीं साक़ी जो
हुशियारी-ओ-मस्ती में इम्तियाज़[2] करे

—'इक़बाल'

लोग कहते हैं रात बीत चुकी
मुझको समझाओ, मैं शराबी हूं

—'साग़र' सिद्दीक़ी

○ *वाइज़-ओ-शैख़ (धर्मोपदेशक तथा धर्मगुरु)*

वाइज़-ओ-शैख़ ने सर जोड़ के बदनाम किया
वर्ना बदनाम न होती मय-ए-गुलफ़ाम[3] अभी

—'मजाज़'

ज़िन्दगी जिस शै में है ऐ शैख़ उसे क्यों छोड़ दूं
जान तो जाएगी मेरी आपका क्या जाएगा

—'जोश' मल्सियानी

1. आनन्द 2. भेद 3. गुलाबी रंग की शराब

वाइज़ बड़ा मज़ा हो अगर यूं अज़ाब[1] हो
दोज़ख़ में पांव, हाथ में जामे-शराब हो

—'दाग़'

मेरी शराब की क्या क़द्र जाने तू वाइज़
जिसे मैं पी के दुआ दूं वो जन्नती[2] हो जाए

—'रियाज़' ख़ैराबादी

किधर से बर्क़[3] चमकती है देखें ऐ वाइज़
मैं अपना जाम उठाता हूं, तू किताब उठा

—'जिगर' मुरादाबादी

क़र्ज़ लाया है कोई भेस बदलकर शायद
मयफ़रोशों का[4] है वाइज़ से तक़ाजा कैसा

—'रियाज़' ख़ैराबादी

ख़ुश्क बातों में कहां ऐ शैख़ कैफ़े-ज़िन्दगी[5]
वो तो पीकर ही मिलेगा जो मज़ा पीने में है

—'अर्श' मल्सियानी

धोके से पिला दी थी इसे भी दो घूंट
पहले से बहुत नर्म है वाइज़ की ज़बां अब

—'रियाज़' ख़ैराबादी

1. यम-यातना 2. जन्नत का अधिकारी 3. बिजली 4. शराब बेचने वालों का 5. जीवन का आनन्द

कमबख़्त ने शराब का ज़िक्र इस क़दर किया
वाइज़ के मुंह से आने लगी बू शराब की

—'रियाज़' ख़ैराबादी

कहां मयख़ाने का दरवाज़ा 'ग़ालिब' और कहां वाइज़
पर इतना जानते हैं कल वा जाता था कि हम निकले

—'ग़ालिब'

ख़ैर दोज़ख़ में मय मिले न मिले
शैख़ साहब से जां तो छूटेगी

-फ़ैज़ अहमद 'फ़ैज़'

तर दामनी पे[1] शैख हमारी न जाइए
दामन निचोड़ दें तो फ़रिश्ते वुज़ू करें

-मीर 'दर्द'

ज़ाहिद[2] शराब पीने से काफ़िर हुआ हूं मैं
क्या डेढ़ चुल्लू पानी में ईमान बह गया

— 'ज़ौक़'

रिन्दे-ख़राब-हाल[3] को ज़ाहिद न छेड़ तू
तुझको पराई क्या पड़ी अपनी निबेड़ तू

—'ज़ौक़'

1. भीगे दामन पर 2. विरक्त 3. दुर्दशाग्रस्त मद्यप

सहर के वक़्त मय पीने से मुझको रोक मत नासेह[1]
कि सिजदे के लिए दिल में ज़रा सा सिद्क़[2] लाना है

—'अदम'

मोहतसिब[3] की ख़ैर ऊंचा है उसी के फ़ैज़[4] से
रिन्द का, साक़ी का, मय का, ख़ुम[5] का, पैमाने का नाम

—फ़ैज़ अहमद 'फ़ैज़'

मोहतसिब तस्बीह[6] के दानों पे ये गिनता रहा
किन ने पी, किन ने न पी, किन-किनके आगे जाम था

—'साइल' देहल्वी

ऐ मोहतसिब न फेंक, मेरे मोहतसिब न फेंक
ज़ालिम शराब है, अरे ज़ालिम शराब है

—'जिगर' मुरादाबादी

○ *तौबा*

बात साक़ी की न टाली जाएगी
करके तौबा तोड़ डाली जाएगी

—'जलील' मानिकपुरी

मैं और बज़्मे-मय[7] से यूं तश्नाकाम आऊं गर
मैंने की थी तौबा साक़ी को क्या हुआ था

—'ग़ालिब'

---

1. धर्मोपदेशक 2. सच्चाई 3. रसाध्यक्ष 4. कृपा 5. शराब का मटका 6. माला 7. शराब की महफ़िल 8. प्यासा

साक़ी-ओ-वाइज़[1] ज़िद है बादा-कश[2] चक्कर में है
तौबा लब पर[3] और लब डूबा हुआ साग़र में है

—'अहसन' मारहरवी

तौबा तो कर चुका था मगर इसका क्या इलाज
वाइज़ की ज़िद ने फिर मुझे मजबूर कर दिया

—'जिगर'

तर्के-मय[4] ही समझ इसे नासेह[5]
इतनी पी है कि पी नहीं जाती

—'शकील' बदायूनी

मय तो हलाल है जो पिये ढब से बादानोश[6]
मैं तौबा करके और पशीमान[7] हो गया

—'दाग़'

○ *घटा-बरसात*

अब[8] आया है घटा छाई है इलाही वो भी आ जाएं
उधर पानी की रिमझिम हो इधर पाज़ेब छम-छम हो

—आग़ा हश्र

जो जान है मौसम की क्या जाने कहां है
वो पानी तो बरसता है बरसात नहीं होती

—'फ़िराक़'

1. धर्मोपदेशक 2. मद्यप 3. होंठों पर 4. मदिरापान का त्याग 5. धर्मोपदेशक 6. शराबी 7. लज्जित 8. बादल

गुल-ओं-गुलशन

[पुष्प एवं पुष्पवाटिका]

○ *गुंचा-ओ-गुल (कली एवं फूल)*

फूल तो दो दिन बहारे-जां-फ़ज़ा[1] दिखला गए
हसरत उन गुंचों पे है जो बिन खिले मुर्झा गए

—'ज़ौक़'

लो हम बताएं गुंचा-ओ-गुल में[2] है फ़र्क़ क्या
इक बात है कही हुई, इक बेकही हुई

—आग़ा 'शायर'

फूल बनने की खुशी में मुस्कराती थी कली
क्या ख़बर थी ये तग़ैयुर[3] मौत का पैग़ाम है

—'सिराज' लखनवी

गुंचों के मुस्कराने पे कहते हैं हंस के फूल
अपना करो ख़याल हमारी तो कट गई

—'शाद' अज़ीमाबादी

1. जीवनवर्द्धक वसन्त 2. कली और फूल में 3. परिवर्तन

गुंचा फिर लगा खिलने आज हमने अपना दिल
ख़ूं किया हुआ देखा, गुम किया हुआ पाया

—'गालिब'

पत्ता-पत्ता बूटा-बूटा हाल हमारा जाने है
जाने न जाने गुल ही न जाने बाग़ तो सारा जाने है

—'मीर'

○ *गुलशन*

रोती है शबनम, कली दिल-तंग है, गुल सीना-चाक[1]
क्या इसी मजमूआ-ए-ग़म का[2] गुलिस्तां नाम है

—'आसी' उल्दनी

हम लिये फिरते हैं आंखों में चमन ऐ बाग़बां[3]
जिस तरफ़ उट्ठी निगाहे-शौक़[4] गुलशन हो गया

—'साक़िब' लखनवी

बहारें हमको भूलीं याद है इतना कि गुलशन में
गिरेबां चाक करने का[5] भी इक हंगाम[6] आया था

—'हसरत' मोहानी

○ *काटे*

कांटा समझ के मुझसे न दामन बचाइये
गुज़री हुई बहार की इक यादगार हूं

—'मशीर' झंझानवी

---

1. फटी छाती 2. ग़मों के समूह का 3. माली 4. शौक़ की नज़र 5. फाड़ने का 6. अवसर

कितने कांटों की बद्दुआ ली है
चन्द कलियों की ज़िन्दगी के लिए

—'शहीद' फ़ातिमी

लोग कांटों से बच के चलते हैं
मैंने फूलों से ज़रूम खाए हैं

—'राही'

ये किसने शाख़े-गुल[1] लाकर क़रीबे-प्राशियां[2] रख दी
कि मैंने शौक़-गुलबोसी[3] में कांटों पर ज़ुबां रख दी

—'सीमाब' अकबराबादी

गुलशन-परस्त[4] हूं मुझे गुल ही नहीं अज़ीज़[5]
कांटों से भी निबाह किये जा रहा हूं मैं

–'जिगर' मुरादाबादी

नहीं कांटे भी क्या उजड़े चमन में
कोई रोके मुझे मैं जा रहा हूं

—'हफ़ीज़' जालन्धरी

कांटों का भी हक़ है आखिर
कौन छुड़ाए अपना दामन

—'जिगर'

---

1. फूल की डाली 2. नीड़ के निकट 3, फूलों को चूमने का शौक़ 4. पुष्पवाटिका (देश) का पुजारी
5. प्रिय

बहार-ओ-ख़िज़ां

कभी शाख़-ओ-सब्ज़ा-ओ-बर्ग[1] पर कभी गुंचा-ओ-गुल-ओ-खार पर[2]
मैं चमन में चाहे जहां रहूं मेरा हक़ है फ़स्ले-बहार[3] पर

—'जिगर'

सुलगती याद दहकता ख़याल तपता बदन
कहां पे छोड़ गया कारवां बहारों का

—'अख़्तर' होशियारपुरी

न जाने चुपके से क्या कह दिया बहारों
ने कि दामनों को रफ़ु कर रहे हैं सौदाई

—'अख़्तर' प्यामी

हो न हो, ये तज़्किरा है फ़स्ले-गुल[4] का ऐ रफ़ीक़[5]
कह रही है चुप्के-चुप्के पांव से ज़ंजीर कुछ

—हसन नईम

1. डाली, हरियाली, पत्ता 2. कली, फूल, कांटा, 3,-4. वसन्त ऋतु .5. साथी

इस तरफ़ से गुज़रे थे क़ाफ़िले बहारों के
आज तक सुलगते हैं जख़्म रहगुज़ारों के[1]

—'मजरूह'

गए हैं हम भी गुलिस्तां में बारहा लेकिन
कभी बहार से पहले कभी बहार के बाद

—'अदम'

छुपना पड़ा गुलों को भी दामाने-ख़ार में[2]
कुछ ऐसे हादिसे भी हुए हैं बहार में

—'शकील' बदायूनी

○ *प्राशियाना व क़फ़स (नीड़ तथा पिंजरा)*

बाग़बां[3] ने आग दी जब आशियाने को मेरे
जिन पे तकिया[4] था वही पत्ते हवा देने लगे

—'साक़िब' लखनवी

बहाना मिल न जाए बिजलियों को टूट पड़ने का
कलेजा कांपता है आशियां को आशियां कहते

—'असर' लखनवी

क़फ़स में मुझसे रूदादे-चमन[5] कहते न डर हमदम
गिरी है जिस पे कल बिजली वो मेरा आशियां क्यों हो

—'ग़ालिब'

---

1. रास्ते के 2. कांटों के दामन में 3. माली 4. आश्रय 5. बाग़ का वृत्तान्त

वाएं नाकामी फ़लक[1] ने ताक कर तोड़ा उसे
मैंने जिस डाली को ताका आशियाने के लिए

—'इक़बाल

जल के आशियां अपना ख़ाक़ हो चुका कब
का आज तक ये आलम[2] है रौशनी से डरते हैं

—'ख़ुमार' बारहबंक़वी

हमने अपने आशियाने के लिए
जो चुभे दिल में वही तिनके लिए

—वहीदुद्दीन 'हैदर'

ख़ुदा गवाह है दोनों हैं दुश्मने - परवाज़[3]
ग़मे-कफ़स[4] हो कि राहत हो आशियाने की

—गोपाल मित्तल

तमाम उम्र इसी एहतियात में गुज़री कि
आशियाना कहीं शाख़े-गुल[5] पे बार[6] न हो

—'अंजुम' नाज़मी

हमें भी याद रक्खें जब लिखें तारीख गुलशन की
कि हमने भी लुटाया है चमन में आशियां अपना

—'अज़ीज़' इन्दौरवी

1. आकाश, भाग्य 2. हालत 3. उड़ान के शत्रु 4. पिंजरे का ग़म 5. फूलों की डाली 6. बोझ

अंधेरा देखते ही गुलिस्तां में
लगा दी आग मैंने आशियां में

—'क़व्वी' टोंकवी

हमने बना लिया है नया फिर से आशियां
जाओ ये बात फिर किसी तूफ़ान से कहो

—'क़तील' शिफ़ाई

क्या आ गया ख़याल दिले-बेक़रार में
ख़ुद आशियां को आग लगा दी बहार में

—'जिगर' मुरादाबादी

○ *बर्क़ या बिजली*

बर्क़ क्या बर्बाद कर सकती है मेरा आशियां
बल्कि यूं कहिये कि रौशन आशियां हो जायगा

—'आसी'

उजाला तो हुआ कुछ देर को सहने-गुलिस्तां में[1]
बला से बिजलियों ने फूंक डाला आशियां मेरा

—'ग़ालिब'

आग ख़ुद अपने निशेमन को लगा दी मैंने
बर्क़ की ज़िद से गुलिस्तां को बचाने के लिए

—'ज़ौक़ी' रामपुरी

1. वाटिका के आंगन में (वाटिका)

कश्ती व तूफ़ान

दरिया को अपनी मौज[1] की तुग़ियानियों[2] से काम
कश्ती किसी की पार हो या दरमियां रहे

—'हाली'

ज़िन्दगी दरिया-ए-बे-साहिल[3] है और कश्ती खराब
मैं तो घबरा कर दुआ करता हूं तूफ़ां के लिए

—'सीमाब' अकबराबादी

हम तो डुबो कर कश्ती को ख़ुद ही पार लगाएंगे
तूफ़ां से गर बच निकले, साहिल से जा टकराएंगे

—'माहिर'-उल-क़ादरी

एहसान नाख़ुदा[4] का उठाए मेरी बला
कश्ती ख़ुदा पे छोड़ दूं लंगर को तोड़ दूं

—'ज़ौक'

1. लहरों 2. उफानों 3. बिना किनारे की नदी 4. मांझी

ऐ मौजे-बला[1] उनको भी दो-चार थपेड़े हल्के से कुछ लोग
अभी तक साहिल से तूफ़ां का नज़ारा करते हैं

—'जज्बी'

अच्छा यक़ीं नहीं है तो कश्ती डुबो के देख
इक तू ही नाख़ुदा[2] नहीं ज़ालिम ख़ुदा भी है

—'क़तील' शिफ़ाई

बहुत मुमकिन है तूफ़ां ही इसे कुछ साज़गार[3]
पाए हक़ीक़त में तेरी ऐ नाख़ु दा बेकार है कोशिश

—महेशचन्द्र 'नक्श'

जब कश्ती साबित-ओ-सालिम थी
साहिल की तमन्ना किस को थी
अब ऐसी शिकस्ता कश्ती पर
साहिल की तमन्ना कौन करे

—जज़्बी'

मुझे रोकेगा तू ऐ नाख़ु दा क्या ग़र्क़ होने से
कि जिनको डूबना हो डूब जाते हैं सफ़ीनों में[4]

—'इकबाल'

1. तूफ़ानी लहर 2. मांझी 3. अनुकूल 4. नौकाओं में

मंज़िल-ओं-मुसाफ़िर

○ *मुसाफ़िर-ओ-मंज़िल*

फिर मैं आया हूं तेरे पास ऐ अमीरे-कारवां[1]
छोड़ आया था जिसे तू, वो मेरी मंज़िल न थी

—'सीमाब' अकबराबादी

तेरी मंज़िल पे पहुंचना कोई आसान न था
सरहदे-अक़्ल[2] से गुज़रे तो यहां तक पहुंचे

—'हफ़ीज़' होशियारपुरी

दुआ देती हैं राहें आज तक मुझ आबला-पा[3] को
मेरे क़दमों की गुलकारी बियाबां से चमन तक है

—'मजरूह' सुल्तानपुरी

तुझे ऐ बज्मे-हस्ती[4] कौन काफ़िर याद रक्खेगा
मुसाफ़िर राह की बातों को अक्सर भूल जाते हैं

—'अदम'

1. कारवां का पथ-प्रदर्शक 2. बुद्धि की सीमा 3. पैरों में छाले वाले 4. ज़िन्दगी की महफ़िल

कभी छोड़ी हुई मंज़िल भी याद आती है राही को
खटक सी है जो सीने में ग़मे-मंज़िल न बन जाए

—'इक़बाल'

मुझे सहल हो गईं मंज़िलें वो हवा के रुख़ भी बदल गए
तेरा हाथ हाथ में आ गया कि चिराग़ राह में जल गए

—'मजरूह' सुल्तानपुरी

काट दी यूं हमने 'जज़्बी' राहे-मंज़िल काट दी
गिर पड़े हर गाम[1] पर हर गाम पर संभला किए

—'जज़्बी'

चलने को चल रहा हूं पर इसकी ख़बर नहीं
मैं हूं सफ़र में या मेरी मंज़िल सफ़र में है

—'शमीम' रांचवी

मेरे जुनूं[2] को ज़ुल्फ़ के साये से दूर रख
रस्ते में छांव पा के मुसाफ़िर ठहर न जाए

—'फ़ना' निज़ामी कानपुरी

सिर्फ़ इक क़दम उठा था ग़लत राहे-शौक़[3]
में मंज़िल तमाम उम्र मुझे ढूंडती रही

—'अदम'

---

1. कदम 2. उन्माद 3. शौक़ अथवा इश्क़ का मार्ग

ता-ब-मंज़िल[1] रास्ते में मंज़िलें थीं सैंकड़ों
हर क़दम पर एक मंज़िल थी मगर मंज़िल न थी

—'सीमाब' अकबराबादी

न कोई जादा[2] न कोई मंज़िल न रौशनी का सुराग़
भटक रही है ख़लाओं[3] में ज़िन्दगी मेरी

—'साहिर लुधियानवी

ये भी क्या मंज़िल है बढ़ते हैं न हटते हैं क़दम
तक रहा हूं देर से मंज़िल को मैं मंज़िल मुझे

—'जिगर' मुरादाबादी

ढूंडता फिरता हूं मैं ऐ 'इक़बाल' अपने आपको
आप ही गोया मुसाफ़िर आप ही मंज़िल हूं मैं

—'इक़बाल'

○ *तलाश, जुस्तजू*

तेरी तलाश मेरी जां और दश्ते-हयात[4]
सफ़र तो ख़ूब था रस्ता बहुत ख़राब मिला

—'अदम'

पहले हस्ती[5] की जुस्तजू है ज़रूर
फिर जो गुम हो तो जुस्तजू न करे

—'असगर' गोंडवी

---

1. मंज़िल तक वास्तविकता 2. मार्ग 3. शून्य 4. जीवन-रूपी जंगल 5. जीवन

जा के शायद पलट आता हूं कि मंज़िल के क़रीब
नज़र आता है मुझे नक़्शे-कफ़े-पा[1] अपना।

—'फ़ानी' बदायूनी

चलता हूं थोड़ी दूर हर इक राहरौ[2] के साथ
पहचानता नहीं हूं अभी राहबर[3] को मैं

—'ग़ालिब'

उठो सनमकदे[4] वालो तलाश लाज़िम है
इधर ही लौट पड़ेंगे अगर ख़ुदा न मिला

—'हफ़ीज़' जालन्धरी

○ *कारवां*

आग बुझी हुई इधर, टूटी हुई तनाब उधर
क्या ख़बर इस मुक़ाम से गुज़रे हैं कितने कारवां

—'इक़बाल'

मैं अकेला ही चला था जानिबे-मंज़िल[5], मगर
लोग साथ आते गए और कारवां बनता गया

—'मजरूह' सुल्तानपुरी

वही कारवां वही रास्ते, वही ज़िन्दगी वही मरहले[6]
मगर अपने-अपने मुक़ाम पर कभी तुम नहीं कभी हम नहीं

—'शकील' बदायूनी

1.पांव के तलवों का निशान 2. राही 3. पथ-प्रदर्शक 4. मन्दिर 5. मंज़िल की ओर 6. पड़ाव

इन्सान

○ *इन्सान*

मत सहल हमें जानो, फिरता है फ़लक[1] बरसों
तब ख़ाक के पर्दे से इन्सान निकलते हैं

—'मीर'

ख़ुदा तो मिलता है इन्सां नहीं मिलता
ये चीज़ वो है जो देखी कहीं-कहीं मैंने

—'इक़बाल'

हज़ारों ख़िज्र[2] पैदा कर चुकी है नस्ल आदम की
ये सब तस्लीम[3] लेकिन आदमी अब तक भटकता है

—'फ़िराक़'

वर्ना क्या था सिर्फ़ तरतीबे-अनासिर के[4] सिवा
ख़ास कुछ बेताबियों का नाम इन्सां हो गया

—'जिगर'

1. आकाश, भाग्य 2. पथ-प्रदर्शक 3. स्वीकार 4. तत्त्वों के सम्पादन

○ *ख़ुदी व ख़ुद्दारी (अहं एवं स्वाभिमान)*

ख़ुदी को कर बुलन्द इतना कि हर तहरीर[1] से
पहले ख़ुदा बन्दे से ख़ुद पूछे बता तेरी रज़ा[2] क्या है

—'इक़बाल'

अपने ग़म-ख़ाने[3] में बैठा हूं इस अन्दाज़ से आज
जैसे मुझको तेरे आने की ज़रूरत न रही

—'माहिर'-उल-क़ादरी

आपके सर की क़सम 'दाग़' को परवा भी नहीं
आपसे मिलने का होगा जिसे अरमां होगा

—'दाग़'

○ *अक़्ल*

अच्छा है दिल के पास रहे पासबाने-अक़्ल[4]
लेकिन कभी-कभी इसे तन्हा भी छोड़ दे

—'इक़बाल'

अक़्ल बारीक हुई जाती है
रूह तारीक[5] हुई जाती है

—'जिगर'

○ *क़िस्मत*

देख 'फ़ानी' वो तेरी तद्बीर[6] की मैयत[7] ही न
हो इक जनाज़ा जा रहा है दोश[8] पर तक़दीर के

—'फ़ानी' बदायूनी

---

1. भाग्य-लेखन 2. इच्छा 3. ग़म-रूपी घर 4. बुद्धि-रूपी रक्षक 5. अंधकारपूर्ण 6. प्रयत्न, कर्म 7. शव 8. कन्धा

क़िस्मत हमारी गेसुए-जानां[1] से कम नहीं
जितना संवारते रहे उतने ही बल पड़े

—अज्ञात

दिल का भी क्या क़सूर, तुम्हारी भी क्या ख़ता
बरगश्ता[2] मुझसे ख़ुद मेरी क़िस्मत है क्या करूं

—'शकील' बदायूनी

क़िस्मत की ख़ूबी देखिये टूटी कहां कमन्द
दो-चार हाथ जब कि लबे-बाम[3] रह गया

—अज्ञात

पड़ गई पांव में तक़दीर की ज़ंजीर तो क्या
हम तो इसको भी तेरी ज़ुल्फ़ का बल कहते हैं

—'क़तील' शिफ़ाई

1. प्रेयसी के केश 2. विमुख 3. छत का फ़ासला

दुनिया

बहुत मुश्किल है दुनिया का संवरना
तेरी ज़ुल्फ़ों का पेचो-ख़म[1] नहीं है

—'मजाज़'

तख़्लीक़े-कायनात के[2] दिलचस्प जुर्म पर
हंसता तो होगा आप भी यज़दां[3] कभी-कभी

—'अदम'

बाग़े-बहिश्त से[4] मुझे हुक्मे-सफ़र[5] दिया था क्यों
कारे-जहां[6] दराज़[7] है अब मेरा इन्तिज़ार कर

—'इक़बाल'

ऐ ग़मे-दुनिया तुझे क्या इल्म तेरे वास्ते
किन बहानों से तबीयत राह पर लाई गई

—'साहिर' लुधियानवी

1. केशों के पेच 2. ब्रह्मांड की रचना के 3. ख़ुदा 4. जन्नत के बाग़ से 5. यात्रा-आदेश 6. संसार का कार्य 7. लम्बा

ये दुनिया है यहां तारे-कफ़न[1] भी छीन लेते हैं
मुसाफ़िर थक के सोये हैं, मज़ारो[2] जागते रहना

—'ज़मीर' काज़मी

ये चमन यूं ही रहेगा और हज़ारों जानवर
अपनी-अपनी बोलियां सब बोलकर उड़ जाएंगे

—बहादुरशाह 'ज़फ़र'

बहुत कुछ और भी है इस जहां में
ये दुनिया महज़[3] ग़म ही ग़म नहीं है

—'मजाज़'

समझ तो ली है दुनिया की हक़ीक़त
मगर अब अपना दिल बहला रहा हूं

—'आसी' उल्दनी

तेरे आज़ाद बन्दों की न ये दुनिया न वो दुनिया
यहां मरने की पाबन्दी, वहां जीने की पाबन्दी

—'इक़बाल'

है ये दुनिया एक ही अफ़साना-ए-नाकामे-शौक़[4]
जिसने जो चाहा अलग तजवीज़[5] उन्वां[6] कर दिया

—तिलोकचन्द 'महरूम'

1. कफ़न के तार 2. क़ब्रो 3. केवल 4. आकांक्षा की विफलता की कहानी 5. निश्चित 6. शीर्षक

गुनाह

इक फ़ुर्सते-गुनाह[1] मिली वो भी चार दिन
देखे हैं हमने हौसले परवर्दिगार के

—फ़ैज़ अहमद 'फ़ैज़'

वो कौन हैं जिन्हें तौबा की मिल गई फ़ुर्सत
हमें गुनाह भी करने को ज़िन्दगी कम है

—आनन्दनारायण 'मुल्ला'

नाकर्दा[2] गुनाहों को भी हसरत की मिले दाद
या रब अगर इन कर्दा[3] गुनाहों की सज़ा है

—'ग़ालिब'

सज़ाएं तो हर हाल में लाज़िम थीं
ख़ताएं न करके पशेमानियां[4] हैं

—'आज़ाद' अंसारी

1. गुनाह करने का अवकाश 2. जो हो न सके 3. किए गए 4. पश्चात्ताप

अभी शबाम[1] है कर लूं ख़ताएं जी भर के
फिर इस मुक़ाम[2] पे उम्रे-रवां[3] मिले न मिले

—प्रानन्दनारायण 'मुल्ला'

गुनाह गिन के मैं क्यों अपने दिल को छोटा करूं
सुना है तेरे करम[4] का कोई हिसाब नहीं

—यास 'यगाना' चंगेज़ी

बन्दे से क्यों पुरसिशे-एमाल[5] इलाही
इन्सान को रहती है कहां अपनी ख़ता याद

—'दाग़'

क्या-क्या न किया ख़ुदा ने जन्नत में
जतन आदम ने मगर गुनाह करके छोड़ा

—'जोश' मलीहाबादी

○ *कुफ्र-ओ-ईमान*

हू लबों पर, तेरी तस्वीर है सीने से लगी
कुफ्र आया तेरे वहशी को न इस्लाम आया

—'अशरफ'

ज़बाने-होश से ये कूफ सरज़द हो नहीं सकता
मैं कैसे बिन पिये ले लूं ख़ुदा का नाम है साक़ी

—'अदम'

1. जवानी 2. जगह 3. व्यतीत होती हुई आयु 4. कृपा 5. कर्मों की पूछताछ

दैर-ओ-हरम

[मन्दिर, मस्जिद]

○ *दैर-ओ-हरम*

न हरम में है वो न दैर में है
हम तो दोनों जगह पुकार पाए

—'अर्श' मल्सियानी

दैर-ओ-हरम भी मंज़िले-जानां[1] में आए थे
पर शुक्र है कि बढ़ गए दामन बचा के हम

—'असग़र' गोंडवी

बेख़ुदी[2] में हम तो तेरा दर[3] समझ कर झुक गए
अब ख़ुदा मालूम वो का'बा था या बुतख़ाना[4] था

—'तालिब' बाग़पती

○ *शैख-ओ-ब्रह्मन*

बस इसी धुन में रहा मर के मिलेगी जन्नत
तुझको ऐ शैख़ न जीने का क़रीना[5] आया

—'अर्श' मल्सियानी

1. प्रेयसी की मंज़िल 2. आत्म-विसर्जन 3. दरवाज़ा 4. मन्दिर 5. ढंग

शैख़ का'बे से गया उस तक बिरह्मन दैर से
एक थी दोनों की मंज़िल फेर था कुछ राह का

—'अमीर' मीनाई

इन्सानियत की बात तो इतनी है शैख़ जी
बदक़िस्मती से आप भी इन्सान बन गए

—'अदम'

○ *बन्दगी (आराधना)*

दिल है क़दमों पर किसी के सर झुका हो या न हो
बन्दगी तो अपनी फ़ितरत[1] है ख़ुदा हो या न हो

—'जिगर'

माइले-दैर-ओ-हरम[2] तूने ये सोचा भी कभी
ज़िन्दगी ख़ुद ही इबादत[3] है अगर होश रहे

—महेन्द्रसिंह बेदी 'सहर'

इलाही ! लोग कैसे हैं जिन्हें है बन्दगी ख़्वाहिश[4]
हमें तो शर्म दामनगीर होती है ख़ुदा होते

—'मीर'

आशिक़ी से मिलेगा ऐ ज़ाहिद[5]
बन्दगी से ख़ुदा नहीं मिलता

—'दाग़'

1. स्वभाव, प्रकृति 2. मन्दिर-मस्जिद की ओर झुकाव रखने वाले 3. आराधना 4. आराधना की इच्छा 5. विरक्त

सौदागरी नहीं ये इबादत ख़ुदा की है
ऐ बेख़बर जज़ा[1] की तमन्ना भी छोड़ दे

—'इक़बाल'

बन्दापरवर! मैं वो बन्दा हूं कि बह्रे-बन्दगी[2]
जिसके आगे सिर झुका दूंगा ख़ूदा हो जाएगा

—'आज़ाद' अंसारी

बन्दगी में भी वो आज़ाद-ओ-ख़ुदबी[3] है कि हम
उल्टे फिर आयें दरे-का'बा[4] अगर वा न हुआ

—'ग़ालिब'

○ *हश्र-ओ-क़्यामत (प्रलय)*

ज़िन्दगी तक हैं क़्यामत के ये सारे झगड़े
मुझको क्या ग़म है अगर हश्र हुआ मेरे बाद

—'आतश'

महशर[5] में इक सवाल किया था करीम[6] ने
मुझसे वहां भी आपकी तारीफ़ हो गई

—'अदम'

हमें मालूम है हम से सुनो महशर में क्या होगा
सब उनको देखते होंगे वो हमको देखता होगा

–'जिगर'

---

1. अच्छा बदला 2. आराधना हेतु 3. स्वतन्त्र तथा स्वाभिमानी 4. का'बे का दरवाज़ा 5. प्रलय
6. कृपालु, ख़ुदा

यां वो ले-दे हुई आकर कि इलाही तौबा
हम तो समझे थे कि महशर में तमाशा होगा

—'रियाज़' ख़ैराबादी

हश्र की धूम है सब कहते हैं यूं है यूं है
फ़ितना[1] है इक तेरी ठोकर का मगर कुछ भी नहीं

—'तश्ना'

रंज-ओ-राहत का सबब दुनिया में कुछ पाया नहीं
हश्र में हम साफ़ कह देंगे ख़ुदा के सामने

—'चकबस्त'

○ *जन्नत-ओ-जहन्नुम*

मुझे वाइज़[2] की जन्नत की हक़ीक़त, आग की धमकी
किसी काफ़िर-अदा[3] की हां नहीं मालूम होती है

—'अज़ीम' अज़ीमाबादी

क्यों न फ़िर्दौस[4] को दोज़ख़ में मिला लें या रब
सैर के वास्ते थोड़ी - सी जगह और सही

—'ग़ालिब'

हमको मालूम है जन्नत की हक़ीक़त लेकिन दिल
के बहलाने को 'ग़ालिब' ये ख़याल अच्छा है

—'ग़ालिब'

1. उपद्रव 2. धर्मोपदेशक 3. नखरीली प्रेयसी 4. जन्नत

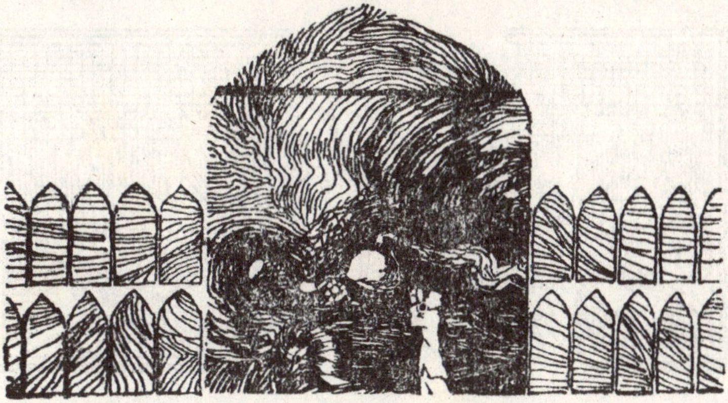

ख़ुदा

क्या नाख़ुदा[1] बग़ैर कोई डूबता नहीं
मुझको मेरे ख़ुदा से पशेमां[2] न कीजिए

—'हफ़ीज़' जालन्धरी

बन्दे न होंगे जितने ख़ुदा हैं ख़ुदाई में
किस-किस ख़ुदा के सामने सिजदा करे कोई

—यास 'यगाना' चंगेज़ी

दिल ख़ुश हुआ है मस्जिदे-बीरान देखकर
मेरी तरह ख़ुदा का भी ख़ाना ख़राब है

—'अदम'

न था कुछ तो ख़ुदा था, कुछ न होता तो ख़ुदा होता
मिटाया मुझको होने ने, न होता मैं तो क्या होता

—'ग़ालिब'

1. मांझी 2. लज्जित

ज़िन्दगी

○ *ज़िन्दगी*

गुर ज़िन्दगी के सीखे खिलती हुई कली से
लब पर[1] है मुस्कराहट दिल ख़ून रो रहा है

—'फ़िराक़'

ज़िन्दगी का रास्ता काटना ही था 'अदम'
जाग उठे तो चल दिये, थक गए तो सो लिये

—'अदम'

अब भी इक उम्रपे जीने का न अन्दाज़ आया
ज़िन्दगी छोड़ दे पीछा मेरा, मैं बाज़ आया

—'शाद' अज़ीमाबादी

अपने माज़ी[2] को न रो ऐ दिल कि हुस्ने-ज़िन्दगी[3]
तेरे माज़ी में नहीं है तेरे मुस्तक़बिल[4] में है

—नरेशकुमार 'शाद'

1. होंठों पर 2. अतीत 3. जीवन का सौन्दर्य 4. भविष्य

चला जाता हूं हंसता-खेलता मौजे-हवादिस से[1]
अगर आसानियां हों ज़िन्दगी दुश्वार[2] हो जाए

—'असग़र' गोंडवी

अगर मुमकिन हो तो सौ-सौ जतन से
अज़ीज़ो काट लो ये ज़िन्दगी है

—'फ़िराक़'

यूं तो मरने के लिए ज़हर सभी पीते हैं
ज़िन्दगी तेरे लिए ज़हर पिया है मैंने

—'ख़लील'-उर्रहमान आज़मी

ज़िन्दगी है या कोई तूफ़ान है
हम तो इस जीने के हाथों मर चले

—'दर्द'

हस्ती का शोर तो है मगर एतिबार क्या
झूटी ख़बर किसी की उड़ाई हुई सी है

—'नज़्म' तबातबाई

न समझने की ये बातें हैं न समझाने की
ज़िन्दगी उचटी हुई नींद है दीवाने की

—'फ़िराक़'

---

1. घटनाओं-रूपी लहरों से 2. कठिन

ज़िन्दगी सोज़ बने साज़ न होने पाए
दिल तो टूटे मगर आवाज़ न होने पाए

—कुंवर महेन्द्रसिंह बेदी 'सहर'

ज़िन्दगी इक आंसुओं का जाम था
पी गए कुछ और कुछ छलका गए

—'शाहिद' कबीर

राज़े-हस्ती[1] राज़ है जब तक कोई महरम[2] न हो
खुल गया जिस दम तो महरम के सिवा कुछ भी नहीं

—'इक़बाल'

○ *ग़मे-ज़िन्दगी*

ज़िन्दगी क्या किसी मुफ़लिस[3] की क़बा[4] है जिसमें
हर घड़ी दर्द के पैवंद लगे जाते हैं

—'फ़ैज़'

कुछ इस क़दर है ग़मे-ज़िन्दगी से दिल मानूस[5]
ख़िज़ां गई तो बहारों में जी नहीं लगता

—'जिगर'

ज़िन्दगी की राहों में ग़म भी साथ चलते हैं
कोई ग़म में हंसता है कोई गम में रोता है

—'ख़ातिर' ग़ज़नवी

---

1. जीवन-रहस्य 2. भेदी 3. निर्धन 4. लबादा 5. अभ्यस्त

कब तलक ये रंज-ओ-ग़म, दर्दो-अलम
ज़िन्दगी ओ ज़िन्दगी हम मर चले

—'अख़्तर' शीरानी

ग़मे-हस्ती का 'असद' किस से जुज़ मर्ग इलाज
शमअ़ हर रंग में जलती है सहर[1] होने तक

—'ग़ालिब'

○ *ज़िन्दगी और मौत*

लाई हयात[1] आए, कज़ा[2] ले चली चले
अपनी ख़ुशी से पाए न अपनी ख़ुशी चले

—'ज़ौक़'

क़ैदे-हस्ती[4] से कब नजात[5] 'जिगर'
मौत आई अगर हयात गई

—'जिगर'

कम से कम मौत से ऐसी मुझे उमीद नहीं
ज़िन्दगी तूने तो धोके पे दिया है धोका

—'फ़िराक़'

कमर बांधे हुए चलने को यां सब यार बैठे
हैं बहुत आगे गए बाक़ी जो हैं तैयार बैठे हैं

—'इन्शा'

---

1. सुबह 2. जीवन 3. मृत्यु 4. जीवन-रूपी क़ैद 5. मुक्ति

मौत ही इन्सान की दुश्मन नहीं
ज़िन्दगी भी जान लेकर जायेगी

—'जोश' मल्सियानी

क़ैदे-हयात-ओ-बन्दे-ग़म[1] अस्ल में दोनों एक हैं
मौत से पहले आदमी ग़म से नजात पाए क्यों

—'ग़ालिब'

जीने तक हैं होश के जल्वे आगे होश की मस्ती है
मौत से डरना क्या माने मौत भी जुज़्वे-हस्ती[2] है

—'जिगर'

वो चीज़ ऐ ग़मगुसार[3] जिसने हर एक इन्सां को फूंक डाला
तुझे शिकायत है मौत थी वो, मुझे गुमां[4] है हयात होगी

—'अदम'

मौत अगर आसान नहीं, जीना भी आसान नहीं
मौत को मुश्किल जानने वाले, जीना मौत से मुश्किल है

—जगन्नाथ 'आज़ाद'

ये भी मुमकिन नहीं कि मर जाएं
ज़िन्दगी आह कितनी ज़ालिम है

—'अख़्तर' अनसारी

1. जीवन-रूपी क़ैद तथा ग़म की अनिवार्यता 2. जीवन का अंग 3. सहानुभूतिकर्ता 4. भ्रम

ज़िन्दगी इक हादिसा है और कैसा हादिसा
मौत से भी ख़त्म जिसका सिलसिला होता नहीं

—'जिगर'

क्यों परीशां हैं न मालूम ये जीने वाले
जिसको जीने की न तौफ़ीक़[1] हो मर जाता है

—'अदम'

मौत क्या है ज़माने को समझाऊं क्या
इक मुसाफ़िर था रस्ते में नींद आ गई

—'दिल'

इलाही फिर मज़ा क्या है यहां दुनिया में रहने का
हयाते-जाविदां[2] अपनी न मर्गे-नागहां[3] मेरी

—'इक़बाल'

मरने वाले तो ख़ैर बेबस हैं
जीने वाले कमाल करते हैं

—'अदम'

सुनी हिकायते-हस्ती तो दरमियां से सुनी
न इब्तिदा की ख़बर है न इन्तिहा मालूम

—'शाद' अज़ीमाबादी

---

1. सामर्थ्य 2. अमर जीवन 3. अचानक होने वाली मृत्यु

अहदे-जवानी[1] रो-रो काटा, पीरी[2] में लीं आंखें मूंद
यानी रात बहुत जागे थे, सुबह हुई आराम किया

—'मीर'

हस्ती[3] के मत फ़रेब में आ जाइयो 'असद'
आलम[4] तमाम हल्क़-ए-दामे-ख़याल[5] हैं

—'ग़ालिब'

○ *मरने के बाद*

अब तो घबरा के ये कहते हैं कि मर जाएंगे
मर के भी चैन न पाया तो किधर जाएंगे

—'ज़ौक़'

मरने के बाद आए हैं ऐ राहबर[6] जहां
मेरा क़्यास[7] है कि चले थे यहीं से हम

—आबिद अली 'आबिद'

1. यौवन-काल 2. बुढ़ापा 3. जीवन 4. संसार 5. ख़्याल-रूपी जाल की परिधियां 6. पथ-प्रदर्शक 7. अनुमान